버티는 마음

경심 지음

버티는 마음

현암사

'여자는 무엇으로 사는가.'

한 번도 해본 적 없는 이 질문을 하게 된 건 퇴사를 앞둔 마흔셋의 어느 날이었다. 판잣집 둘째 딸로 태어나 정규교육조차 제대로 받지 못한 내게 여자, 가난, 고졸의 꼬리표는 온몸을 칭칭 옭아맨 아득한 절망이었다. 벗어나려 할 때마다 삶은 서너 걸음 멀어졌다. 그러나 수없이 포기하고 울다가도 다시금 일어나 뛰었다.

만약 이 질문을 어린 시절 한 번이라도 했더라면 내 삶은 지금과 같지 않았을 것이다. 가난했기에 가족들을 위해, 두 아이를 위해 살았다. 나란 여자를 이렇게까지 홀대해온 건 다름 아닌 나 자신이었다. 열아홉의 나이에 남자들이 우글대는 직업훈련원에서 기계를 배웠다. 취업 후 고졸이라는 멸시 속에 최저임금을 받으면서도 싫은 내색조차 하지 않고 살았다. 살려고 먹진 말았어야 했는데, 꾸역꾸역 마른 밥을 입속에 밀어넣으며 새벽 출근길을 재촉했다.

나는 소위 IMF 시대라 일컬었던 불황의 늪에서 첫발을 내

디딘 직장인이었다. 지난 20년간 우리나라 경제의 주역으로 산다고 살았다. 여성으로서는 결코 평범하지 않았던 해양플랜트 구조설계 엔지니어로서의 삶. 그 속에서도 비정규직이었기에 살아남기 위해 더욱 고군분투했던 이야기다. 동시에 엄마와 아내, 딸과 며느리로도 살았다. 전문직 여성으로서 회사의 성장에 힘을 실었던 지난 삶에 모두 겹쳐져 있다.

결핍을 메우려 한시도 배움을 게을리하지 않았고 해양플랜트 분야에서 세계적 규모의 여러 프로젝트에 참여하며 스스로에게 당당한 커리어를 쌓아왔다. 그러나 국내 조선 산업의 극심한 불황으로 누군가는 제로섬 게임의 희생자가 되어야만 했다. 그간 단 한 번도 지극히 평범한 여성으로, 나로 살아보지 못했다. 딸, 아내, 며느리, 엄마, 직장인으로 살아온 지난 세월 나는 어디에 있었던가.

여자라는 이유로 엄마라는 이유로 희생하고 감내해온 시간과 감당키 어려웠던 아픔을 다시 기록하면서 참 많이 울기도 했다.

21년이 지난 지금도 내 삶은 그날의 기록들과 크게 다르지 않다. 국가 주력 산업이 몰락하고 고용 시장은 그때보다 더욱 황폐해지고 있지만 미래의 먹거리를 찾아 여기저기 기웃거리고 있는 내 모습이 종종 안쓰럽다.

'여자는 무엇으로 사는가.'

마흔셋 회사를 떠나고 늦게나마 이 질문을 대면할 수 있게 된 것은 행운이다. 이제부터 남은 시간은 오로지 나의 나로서 존재하고 싶다. 이 책은 지나온 시간만큼 살아갈 시간이 남은 우리를 위해, 우리는 무엇으로 살아야 할 존재인가를 함께 고민해보고 싶은 마음에서 썼다. 현재 시점에서 내 과거는 그리 아름답지 못하지만, 다가올 현재에는 달라진 과거를 만나고 싶다.

'나는 무엇으로 사는가.'
이 질문에 당당히 답할 수 있는 그런 무엇으로.

1.

잿빛 터널의 시작

직업훈련원 입학식을 하던 날 아침, 아주 오랜만에 엄마와 함께 길을 나섰다. 어색한 동행이었지만 설레기도 했다. 그곳은 지금까지 경험해보지 못한 미지의 세계였으니까. 더는 가난이라는 선입견에 상처받을 일은 없을 것이란 기대와 집에서 벗어날 수 있다는 해방감으로 나는 들떠 있었다. 두려움은 설렘보다 작았다.

엄마가 교정을 둘러보러 간 동안 나는 강당 앞쪽에 서 있던 전산응용기계과의 팻말 주변을 서성거렸다. 그때 자그마한 키에 금방이라도 튀어나올 듯 맑고 커다란 눈을 가진 언니가 말을 걸어왔다.

"안녕! 고3이라고? 진희라고 해. 나이는 스물넷이고. 반갑다. 이름이? 서영이?"

"아뇨. 저는……."

"그러면, 보미구나. 아냐? 혜주? 민애?"

명단을 넘기며 이름과 얼굴을 번갈아 확인하던 언니는 내 이름이 없다고 했다. 순간, 눈앞이 캄캄해졌다.

'설마, 불합격? 아닌데, 선생님도 분명 합격 통보를 받았다고 했는데…… . 전화로 확인했을 때도 분명 합격이었고. 내가 번호를 잘못 입력했던 걸까? 잘못 들었나?'

정말로 불합격이면 어쩌나 싶던 그때, 잔뜩 상기된 얼굴을 한 엄마가 강당으로 들어와서는 화가 난 목소리로 날 쏘아대듯 불렀다. 강당의 모든 시선이 엄마를 거쳐 나에게 집중되었다.

"우리 딸 여기 있잖아요, 남아, 여 와봐라!"

일순간 온몸이 벌겋게 달아올랐고 심장은 금방이라도 터질 것처럼 요동쳤다. 또 흉통이 몰려왔다. 고등학교에 진학한 후로 신경성 흉통으로 의심되는 증상이 잦았다. 그때부터 협심증 환자들이 먹는 약을 상습 복용했다. 부모에게조차 아니 부모이기에 그 앞에 털어놓지 못한 상처들을 아무렇지 않은 척 버텨내기엔 너무 어렸다. 엄마가 부르는 소리에 심장이 덜컥한 순간, 환으로 된 약을 재빨리 혀 밑으로 밀어 넣고 엄마에게 다가갔다. 뒤따라 들어오신 사감 선생님이라는 분과 함께 행정실을 다녀오게 되었다. 생활관을 둘러보던 엄마가 같은 학교에서 온 민옥이 이름이 안보여서 묻자 이곳 생활관에는 여학생 기숙사가 없다는 얘길 들었고, 그 순간부터 엄마는 쌈닭처럼 쏘아붙이듯 따져 물었다.

"뭔 소린교? 우리 딸내미 이름은 여기 있는데 같이 온 여학생 이름만 없구만…… ."

학교에선 정태남이라는 이름만 보고 나를 남자로 착각한 것이다. 입학 당일까지 남자로 알고 있던 터라 학교가 발칵 뒤집혔다. 주민등록번호를 확인하지 않고 이름만 보고 업무를 진행한 행정실의 실수로 내가 남학생 기숙사에 배정되면서 진희 언니가 받아든 여학생 명단에 내 이름이 누락된 것이다.

여학생 기숙사는 생활관이 아닌 강당 위 꼭대기 층에 있던 문서 창고를 비워 만든 공간이었다. 방 안에는 철제로 된 2층 침대와 책걸상이 전부였다. 씻을 곳도 없어 낡은 화장실 한쪽에 전기온수기를 설치하고 건조대를 놓아 샤워 시설을 만들었다. 그날부터 나는 난방도 되지 않는 시멘트 건물 안에서 히터 하나에 의지해 온몸을 떨어가며 공부했다. 지금 생각하면 그런 시설에서 어떻게 지냈을까 싶지만 무허가 건물이었던 시골집보다는 훨씬 좋았다. 그렇게 어려운 환경을 함께한 동기들과 서로의 처지에 공감하고 끈끈한 정을 나눠가며 돈독한 우정을 쌓아갔다.

본격적인 학과 수업이 시작되기 전 선배들과 인사를 나누는 시간이 마련되었다. 칠판을 기준으로 선후배가 서로를 마주보며 앉았다. 과대표들의 인사가 끝나자마자 한 선배가 동기인 진희 언니를 향해 돌직구를 날렸다.

"보소, 여는 학교니더. 학생이 학생의 본분을 지켜야지. 화장도 지우고 그, 그 목걸이, 귀걸이, 반지 그런 거 다 위험하니까 빼소!"

마치 선생님이 학생을 나무라듯 권위가 잔뜩 실린 말투는 상당히 공격적이었다. 언니가 어떤 반응을 보일지 걱정스러웠다. 언니는 벌떡 자리에서 일어나 귀걸이와 목걸이를 빼며 당차게 받아쳤다.

"그래요? 듣던 중 반가운 소리네요. 아침마다 화장하느라 시간 뺏기는 게 아까웠는데 잘됐네요. 나름 예의 지키느라 힘들었던 시간을 벌어주셔서 감사합니다. 선배님."

여기저기서 환호의 박수가 터져 나왔다. 나 또한 그런 언니의 모습에 기운을 얻었다. 그러나 쉬는 시간에 서둘러 교실을 나서던 언니의 눈가는 촉촉이 젖어 있었다. 맏언니라는 이유로 우리들 앞에선 센 척, 강한 척을 하고 있었지만 그녀 역시 마음 여린 소녀였다.

이번에는 남자 선배가 일어나 나를 가리키며 이름을 물었다. 얼떨결에 "내예?"라며 사투리가 튀어나왔고 교실은 순식간에 웃음바다가 되었다. 순간 쥐구멍이라도 들어가고 싶었다.

"와~ 기여버라. 내예? 그래. 니! 자, 여러분 자는 인자 오늘부터 내 꺼 했심더. 누구든 내 손에 걸리믄 다 죽심더. 알았지예? 내, 니 이름 다 안다. 태나미~ 니는 인자 내 끼다."

장난스런 말투와 행동이 너무 불쾌했지만 나는 한마디도 대꾸할 수 없었다. 교실 안을 가득 채운 박수 소리와 웃음소리에 나는 한없이 작아졌다.

그날 이후로 선배에게 몇 번의 데이트 신청을 받았지만 응하지 않았다. 발신자 없이 날아든 편지들을 그대로 쓰레기통에 던져버렸다. 오랜 시간 세상에 문을 닫은 채 혼자이기를 고집하며 살았던 나는 낯선 이곳에서 벌어지는 모든 일들이 그저 두렵기만 한 열아홉이었다.

처음으로 기계 실습을 하던 날이었다. 선생님이 시범을 보이면 2인 1조로 따라 해야 했는데 키가 작은 나는 사람들에 밀려 설명을 잘 듣지도 못했다. 하지만 어떻게든 따라가려고 같은 조원과 눈치껏 작업을 이어갔다. 그런데 주축의 회전속도가 올라가기 시작하자 기계가 귀를 틀어막아야 할 정도로 굉음을 내며 부서질 듯 흔들렸다. 이를 목격한 선생님께서 허겁지겁 달려와 비상 정지 버튼을 눌렀다. 수업을 제대로 듣지 않았다며 사람들이 모인 자리에서 혼이 났다.

선생님의 설명대로 바이트를 경사로 물리지 않고 수평으로 물려서 일어난 현상이었기에 잘못을 지적받은 것이다. 사실 바이트를 물린 건 내가 아니라 같은 조원이었지만 대꾸하지 않았다. 내 잘못이 아니어도 작은 문제가 있을 때마다 '여자들은……'이라는 꼬리표가 따라다녔다. 이곳은 남자들의 세계였고 그들은 여자를 낯선 이방인쯤으로 여겼다. 거친 남자들의 틈바구니에서 때때로 관심의 중심에 선다는 것은 기분 나쁠 정도로 소름 돋는 일이었다. 남성 중심 사회에서 고립되어 스스로를 지키는 일은 결코 쉽지 않았다.

내가 던져진 세상

어려서부터 우리 집은 늘 가난했다. 고등학생이 된 언니는 학비 부담을 덜기 위해 야간 고등학교를 가기로 했다. 야간 상고에 입학하고부터는 낮에는 경리로 일했고 야간에 학교 수업을 마치면 주산, 부기, 타자 학원을 다녔다. 객지에서 자취 생활을 하며 힘들게 공부하던 언니가 위장병을 얻어 고생하면서부터 엄마는 집 근처 사립 고등학교로 나를 진학시켰다.

고등학교에 진학할 무렵 아버지께서 대출을 받아 비디오 가게를 시작하셨다. 다행히 나는 입학 장학생으로 선발되면서 학비 부담을 조금 덜 수는 있었지만 애초부터 대학은 꿈꿔서는 안 될 목표였다. 그래서 2학년 때부터는 수능을 포기하고 워드 자격증을 준비했다. 시골 인문계 고등학교 졸업장으론 취업이 어려울 것을 염려해 직업훈련원과 연계한 위탁 교육을 신청했고 다행히 3학년 때 직업훈련원에 합격하게 된 것이다. 꿈은 일찌감치 접었다. 꿈을 접지 않으면 당장 가족의 삶이 추락할 판이었다.

전산응용기계과, 거기가 뭐하는 곳인지도 모르고 단지 전산이라는 이유로 덜컥 지원했다. 다른 학과는 용접, 기계가공, 기계조립, 금형과가 전부였기에 그나마 전산을 선택했지만 입학 첫날 학과장님은 예상을 한참 빗나간 이야기를 했다.

"우리 과는 전산과가 아닙니다. 기계과입니다. 한국말은 끝까지 들어봐야 아는 겁니다. 전산응용기계과는 단지 컴퓨터를 이용할 뿐 기계를 다루는 학문이라는 말입니다."

그래서인지 전교 450명 중 여학생은 아홉 명뿐이었고, 그나마 2학년 선배는 단 두 명, 1학년 신입생은 일곱 명이었다. 두 명의 선배들은 당시 양호실 옆 작은 사무실에 침대와 책상을 들여다 놓고 살았다. 여학생을 위한 기숙사가 따로 없었기에 신입이 입학하자 강당 위에 있던 문서 창고를 비워 임시 기숙사로 사용했다. 수능을 포기하고 시작한 직업훈련원 생활은 생각보다 험난했다.

아침 6시에 일어나 매일같이 점호를 받았고 오전 8시 20분부터 저녁 6시까지 학과 일정이 쉴 틈 없이 돌아갔다. 기계과 수업답게 선반과 밀링을 이용해 금속을 가공하고, T자, 삼각 스케일을 이용해 수기 제도 실습도 했다. 낯선 용어들이 난무하는 전공 수업은 아무리 들어도 이해가 안 됐다. 당시 나에게 그 시간들은 지옥 같았다. 취침 점호가 끝난 뒤에도 하루는 끝나지 않았다. 학과 시험은 물론 전문 자격증에 대비하기 위해서 늦은 밤까지 공부하며 이론과 실습을 준비했다.

무엇보다 나를 힘들게 했던 것은 직업훈련원이라는 특수한 환경 그 자체였다. 남성 중심의 세상에서 벌어지는 위태로운 사건들을 감내할 수밖에 없었기 때문이다. 학교 특성상 또래 아이들보다 많게는 열 살은 훌쩍 넘는 사람들이 동급생이었는데 여자라는 이유로, 혹은 어리다는 이유로 내가 겪은 일들은 고통스러웠다. 원치 않았던 남자들의 시선에 몸도 마음도 지쳐갔다.

그런 와중에도 맏언니였던 진희 언니를 만난 것은 다행스러운 일이었다. 어린 시절부터 세상과 단절된 채 살아온 내가 무리 속에서 현명하게 대처할 수 있도록 진희 언니가 많이 도와주었다. 경주의 한 어촌에 살았던 언니는 이미 약혼을 한 상태였지만 꿈을 위해 결혼이 아닌 직업훈련원을 택했고, 아버지의 반대에 부딪혀 도망치듯 학교로 왔다고 했다. 사무실에서 커피 잘 타는 미스 김이란 호칭으로 살고 싶지 않았던 언니는 학과 공부에 누구보다 열심이었다.

2년 과정으로 진행된 직업교육이었기에 직업훈련원 1학년을 마치고 2학년이 되기 전 2월에 고등학교를 졸업하게 되었다. 사실 나는 수학능력시험을 두 번째로 치러야 했던 세대였다. 그래서 3학년이 되기 전까지 모의고사도 여러 번 봤었다. 썩 잘한 편은 아니지만 대학 갈 실력은 되었던 터라 선생님께서 늘 안타까워하셨다. 직업훈련원에 가겠다고 했을 때는 적잖이 충격도 받으신 것 같았다. 선생님은 위탁 교육을 승인해주시면서도 연말에 수능은 꼭 보라고 신신당부하셨지만 결국 수능에 응시도 못 해보고 졸업식장에 가게 되었다.

그래도 당당하고 싶었다. 위탁 교육이긴 했지만 이것이 끝이 아닐 거라고 믿고 싶었다. 노력한 만큼 정직하게 보상받을 수 있다면, 지금 내 노력이 지금과는 다른 나를 만들어줄 것이라고 믿고 싶었다.

이곳에서 2학년이 되었을 때 직업훈련원이 아닌 직업전문학교로 승급되면서 신입 여학생이 늘었다. 덕분에 강당 한구석 창고 생활을 청산하고 생활관 1층에 여학생 전용 숙소가 마련되기도 했지만, 두꺼운 철문과 방범창으로 둘러싸인 그곳이 내 눈에는 교도소처럼 보였다. 그래도 사람은 환경에 적응하기 마련인지 일곱 명의 동기들은 1년 사이 서로에게 친구 이상의 따뜻한 존재가 되어 있었다.

삶이 사막 같아도

수능을 포기하고 선택했던 직업훈련원의 가장 큰 혜택은 전액 국비 지원이었다. 기숙사 생활을 통해 숙식이 해결되었고 열심히만 하면 평생직장을 얻는 꿈도 실현할 수 있는 곳이었다. 그래서인지 경쟁률이 매우 높았고, 학구열도 치열했다. 기계를 다루는 학문이었던 만큼 모든 수업이 어려웠고 실습 중의 위험도 있었지만 여자라고 봐주거나 서로를 배려하는 곳도 아니었다. 날이 갈수록 홍통은 심해졌다. 그곳 생활은 학창 시절 꿈꾸었던 삶과는 전혀 다른 길로 나를 안내하고 있었고 그런 현실을 견뎌내는 동안 끔찍한 통증이 가슴을 쑤셔댔다. 읽어야 할 전공 서적들은 넘쳤다. 실습이 있는 날이면 가슴을 움켜쥐며 버텼다. 그러다 숙소에 들어가면 아픈 것도 잊고 쓰러지듯 잠이 들곤 했다.

아직 고등학생임에도 불구하고 이곳 사람들과 지내려면 술도 마실 줄 알아야 했고 매캐한 담배 냄새도 버텨내야 했다. 기계를 만지는 수업이 다반사였기에 손톱 밑에 낀 시커먼 기름때는 빨랫비누와 철수세미로 벗겨냈다. 단단하고 차가운 쇳

덩이를 가공하는 일은 매 순간 크고 작은 사고로 이어지기 마련이라 베거나 데인 상처들이 여기저기 훈장처럼 남았다. 군대에서나 먹을 수 있다는 짬밥에 멀건 어묵탕으로 허기진 배를 채웠다. 그마저도 전교생이 같은 시간에 식당으로 몰리는 바람에 쑤셔 넣듯 밥을 먹었다. 살기 위해 배우러 온 사람들의 세상은 울타리 밖 세상보다 거칠었고 치열했고 고독했다.

그동안 갈고닦은 실력을 검증해야 하는 시간이 다가왔다. 기능사 시험을 위해 필기시험부터 실기시험까지 머나먼 여정을 떠날 준비를 했다.

우리는 본격적인 시험 준비에 앞서 스터디 그룹을 만들었다. 예상 문제집도 사고, 정리 노트를 복사하고 제본하려면 돈이 있어야 했다. 가정 형편이 어려웠던 터라 부모님은 무척 부담스러워하셨다. 위탁 교육 중이라도 고등학교 등록금은 그대로 내야 했기에 시험 응시료조차도 부담이었다. 나는 무조건 합격해야 하는 상황이었다.

그러다 결국 탈이 나고 말았다. 필기시험을 코앞에 두고, 극심한 두통과 고열이 찾아왔다. 양호 선생님께 처방받은 약을 먹고 기숙사에서 쉬었지만, 오히려 어지럼증이 심해지면서 구토와 설사까지 했다. 기상관측 이후 최악이었다는 1994년 7월의 폭서를 기억할 것이다. 돌아보니 그때였다. 우여곡절 끝에 무사히 시험을 치렀지만 이후로도 예고 없이 찾아오는 두통 때문에 늘 진통제를 달고 살았다.

시험이 끝나고 결과 발표를 기다리던 어느 날, 충격적인 일이 벌어졌다. 여학생 화장실에 널어 놓은 빨래가 없어진 것이다. 그것도 속옷만. 사감 선생님은 생활관으로 귀가한 모든 학생들의 가방과 주변을 검사했지만 끝끝내 범인은 찾지 못했다. 다음 날부터 수업을 마치고 기숙사에 돌아와서는 빗자루와 대걸레를 들고 돌아가며 보초를 서기도 했다. 그렇게 한바탕 소동이 일고 여름방학이 시작되었다. 생활관도 여학생 기숙사도 문을 닫았고 그 일은 모두의 기억 속에서 까마득히 잊혔다. 방학 중에 필기 합격 발표가 났고 대부분의 학생들에게 합격 소식이 들려왔다. 물론 나를 포함해서.

개학 후에도 실기시험 준비에 하루하루가 빠르게 지나갔다. 그런데 시험 당일 출제된 도안에 처음 보는 부품이 있었다. 지금껏 한 번도 연습한 적 없던 도안이었던 터라 우리는 대부분 시험을 망치고 말았다. 그래도 후련했다. 어찌됐든 끝났다.

우리는 시험이 끝난 기념으로 호프집을 향했고 당시에는 '주류 판매 법정제한연령'에 대한 단속이 심하지 않았기에 고등학생인 우리도 형들 따라 술집에 들어갈 수 있었다. 우리는 고삐 풀린 망아지처럼 즐거워했다. 들어갈 때 첫인상이 불편했던 곳이었지만 어느 순간 분위기에 휩쓸렸고 목이 탄다며 나는 맥주를 들이켜고 있었다. 그 청량감이 정말 좋았다. 취한다는 느낌도 없었다. 해방감. 정말 오랜만에, 아니 어쩌면 처음으로 '맘껏' 나를 놓아버린 날이었다. 형들은 어른들 앞에서 술을 배울 수 있어서 좋은 줄 알라며 생색을 내기도 했고, 또래 친구들도 나도 나름 낯선 그 문화의 재미를 알아갔다. 그렇게 어른이 될 준비를 서둘렀다.

우리는 다시 처음부터 시작이라 생각하고 실습에 또 실습을 반복했다. 수기 제도 시험이 끝났지만 이번엔 프로그램을 이용해야 하는 또 다른 시험도 동시에 준비했다. 그사이 수기 제도 실기시험 결과가 나왔다. 우리 반에서 딱 두 명이 합격했다. 그 명단에 내가 있었다. 하지만 내가 합격자라는 이유로, 워드 자격증이 있다는 이유로 이후부터 모든 실습에서 제외되었다. 대신 그 시간에 나는 학교 행정 업무에 투입되었다. 선생님이 시키신 일이라 숙제를 한다는 느낌이었을 뿐이었는데 실습시간을 공으로 날렸다는 사실을 지나고 나서야 알게 되었다.

하이힐이 아닌 안전화를 신고

기계 제도 기능사 자격증을 받아 들고 며칠 지나지 않은 어느 날 서울에서 큰 사고가 있었다. 1994년 10월 21일 오전 7시 성수대교의 상부 트러스가 내려앉은 것이다. 이 사고로 17명이 다치고 32명이 사망하는 끔찍한 일이 벌어졌고 이는 하루 종일 뉴스 헤드라인으로 보도되었다. 교량 끝에 걸렸던 버스가 뒤집힌 채 추락하면서 등굣길 학생들의 엄청난 희생이 뒤따른 참사라 그 충격은 더욱 컸다.

그 사건은 해당 건설사의 부실시공과 관리 감독의 소홀로 빚어진 인재였다. 사건의 파장은 나비효과가 되어 뜻하지 않게 우리 가족에게도 치명타를 안겼다. 건축물에 대한 안전 진단이 전국으로 확대되면서 우리 집 바로 앞에 있는 '수산교'도 대대적인 공사에 들어간 것이다. 공사로 인해 버스 노선이 바뀌었고 가족의 생계 수단이었던 가게 앞 버스 정류장이 하루 아침에 사라졌다. 언니는 졸업 후 독립하긴 했지만 아직 나와 동생의 학비를 감당하셔야 했던 부모님에게는 당시 엄청난 시련이었을 것이다.

언제 쫓겨날지 모르는 무허가 건물에 살면서 모아둔 재산이 있는 것도 아니었다. 하루 벌어 하루 살던 수입원이 갑자기 사라졌으니 그 심정이 얼마나 참담했을까? 농촌에 살았어도 농사를 지을 수 있는 땅이 없었고, 아버지의 건강이 좋지 않아 막노동을 할 수도 없었다. 이런 상황에서 나라도 하루빨리 돈을 벌어야 했다. 갈급함은 스스로를 몰아붙였다. 악착같이 살았다. 직업전문학교를 졸업하기 전까지 세 개의 자격증을 취득했고. 덕분에 2학년 여름방학이 되기 전에 남들보다 빨리 취업할 수 있었다.

선생님과 함께 건물 로비에 들어서자마자 웅장하다는 생각이 들었다. 우리를 마중 나온 선배가 인사를 건넸다. 설계팀에서 근무한다는 그 선배의 안내를 받아 들어간 곳은 중역실이었다. 그곳은 자동차 부품을 생산하는 자동화 설비를 갖춘 중견 기업이었는데 지금은 그룹으로 크게 성장했다. 당시에는 요즘처럼 근로계약서를 쓰는 일이 흔치 않았다. 초임이 '56만 원' 남짓 될 것이란 구두 약속과 함께 휴가가 끝나는 8월 첫째 주부터 출근하라는 말로 근로계약이 이뤄졌다. 특이하게도 당시 그 회사에 취업한 세 명이 모두 여학생이었고, 기계공고 3학년 여학생 두 명까지 모두 다섯 명이 5층짜리 사원 아파트의 한 호실을 배정받아 함께 생활하게 되었다. 그렇게 나는 스무살에 풋풋한 신입 사원이 되었다.

기능사 1급 및 기사 2급 시험을 동시에 준비해야 하는 중요한 시점이었기에 너무 성급한 결정이 아닌가 싶었지만 근무가 끝나고 저녁에는 학교에 보내주겠다는 조건 때문에 회사에 들어가기로 결심한 것이다. 하지만 당시는 생산자동화 시스템의 초기 단계였기에 회사에서 생산되는 모든 부품들의 이름이나 규격, 기계 장비 모두를 데이터화하는 작업이 급선무였다. 그러다 보니 일은 많고 매일 밤늦게까지 밥 먹듯 야근이었다. 분명 야간에는 학교에 갈 수 있도록 배려하겠다고 했지만 담당 부장은 전달받은 바 없다며 보내주지 않았다. 취업도 했는데 자격증은 뭐하러 더 따느냐며 오히려 핀잔을 들었다.

학교에서 대가 없이 하루 종일 일했던 것에 비하면 그래도 돈이라도 준다는 이유로 참을 수밖에 없었다. 그러나 내가 받은 첫 월급은 고작 '21만 원'이 전부였다. 처음과 말이 달랐다. 아직 졸업 전이기 때문에 고등학생들과 동일한 조건에 맞추었고 회사에서 공제하는 금액에 세금까지 뗐다는 것이다. 게다가 회사에서 사용하는 CAD 프로그램은 학교에서 배웠던 것과 달랐지만 내겐 그 프로그램을 다뤄볼 기회조차 주어지지 않았다. 시간이 갈수록 설계팀에서 일할 기회는 내게서 점점 더 멀어져갔다.

불편한 사무 환경 때문에 오른쪽 팔 관절에 문제가 생겼지만 병원을 가볼 엄두조차 낼 수 없었다. 만성적인 통증은 더욱 심해졌고 진통제 없이는 하루도 버텨내기 힘들었다. 어떻게든 빨리 독립해야 한다는 강박관념에 사로잡혀 서둘렀던 것이 화근이었다. 결국 3개월 근무를 끝으로 첫 번째 회사를 정리했다.

다시 들어간 곳은 대구에 있는 자동차 금형 공장이었는데 이번엔 숙소가 없었다. 당시 언니가 대구에서 자취를 하고 있었지만 언니 집에서는 출근하는 데만 2시간이 걸렸고 통근 버스도 오지 않았다. 다행히 언니와 함께 쓸 방을 구하기 전까지 담당 과장님 댁에 빈방을 하나 얻어 출퇴근을 했다. 회사에서 오해할 수 있으니 과장님 댁 인근에 있는 친척 집에서 잠시 신세 지는 것으로 말을 맞추었다. 내가 일하게 된 부서는 기계공작과 가공기술팀으로 유니폼이 아닌 작업복을 입었고, 하이힐이 아닌 안전화를 신었다.

2.

어떻게든 살아

다시 시작하는 봄

회사 규모는 작았다. 100여 명의 직원 중 여성이 거의 없었다. 연구실에서 근무하는 여직원은 나 혼자였다. 총무과에서 경리 업무를 맡고 있는 이 양, 생산팀에서 커피 심부름하고 간단한 서류 작업을 해주는 박 양, 자재과에서 자재 리스트 정리하는 김 양이 전부였다.

그 시절엔 왜 그랬는지 모든 여성 직원을 이름이 아닌 성으로만 불렀고 나 또한 '미스 정'이나 '정 양'으로 불렸다. 게다가 경리 업무를 보던 언니는 그 회사에서만 10년을 넘게 근무했는데도 만년 경리였고 호칭은 '미스 리', 아니면 '이 양'이었다. 이해되지 않는 문화였지만 그들에게는 전혀 이상할 게 없어 보였고 아무도 부당하다는 생각을 하지 않았다. 대부분의 동료들이 악의가 있었다거나 하대하려는 것도 아니었고 그냥 문화가 그랬다. 아무도 거기에 토를 달거나 불합리하다 생각하지 않았다. 그저 당연한 일상이었다. 중역실 청소도 여직원들만 당번을 정해 돌아가면서 매일 아침 임원들이 출근하기 전에 마쳐야 했다. 중요한 손님이 오시거나 회의가 있을 때도 항상 여직원이 커피를 탔다. 사무실에서는 그래도 금연 분위기가 확산되던 시절이었지만 회의실에선 너구리를 잡는 날이 많았다. 게다가 모든 여직원들은 결혼과 동시에 회사를 그만두었다. 사규에 정해진 것은 없었지만 일종의 관례였다. 실제로 내가 근무하던 기간 중에 총무팀에서 일하던 경리 언니와 생산팀에 있던 '박 양' 언니가 결혼과 동시에 사직을 했고 그들의 이름조차 내 기억에서 사라졌다.

나는 어떻게든 회사에 잘 정착하고 싶었다. 아침에 출근하면 팀원들의 책상 위에 놓인 머그잔을 씻는 일로 하루를 시작했다. 하지만 다른 여직원들처럼 유니폼과 하이힐을 신지 않았고 어울리지 않는 풍덩한 작업복에 큼지막한 안전화를 신고 현장과 사무실을 열심히도 뛰어다녔다. 화장도 하지 않았다.

자동차 금형이라는 것을 처음 보았다. 그런 금형을 가공하는 대형 장비들도 모두 신기했다. 모든 일을 새로 배우고 익히는 일은 설레고 재미있었다. 배울 때는 어렵고 힘들었지만 그래도 내가 만든 결과물대로 대형 기계 장비가 움직여 차갑고 단단한 금속 덩어리가 가공되는 모습을 보고 있으면 후련하면서도 뭉클하기까지 했다. 어렵게 습득한 기술인 만큼 정말 잘하고 싶었다.

봄이 되면서 언니와 함께 지낼 방을 구했다. 언니가 다니는 신문사는 동구에, 내가 일하는 회사는 성서 공단이 있는 달서구에 있어 둘이 같이 지낼 곳으로 중간 지점인 서구를 찾았고, 저렴한 사글세방이 많은 동네에 보금자리를 마련했다. 비용은 반반 나눠 마련했고 약간의 여윳돈으로 중고 거래상에서 반자동 세탁기도 샀다. 여러 세대가 모여 사는 곳이라 화장실은 공동으로 사용해야 했다. 연탄불로 난방을 해야 했기에 연탄도 한꺼번에 50장씩 들여놨다.

그렇게 언니가 혼자 자취할 때부터 키우던 강아지까지 세 식구가 처음으로 한 방에서 지내게 된 날, 모든 생활 여건은 불편했지만 그제야 숨 좀 쉴 것 같았다. 아무리 잘해준다고 한들 과장님 댁이 편할 리 없었다. 매일 아침 사모님께서 준비해 주시는 식사도 부담스러웠고 호출이 올 때마다 전화를 쓰는 것도 죄송해서 밤늦게 전화카드를 들고 공중전화 부스로 달려 나갔다. 주말마다 과장님 가족들만의 시간을 위해 매번 시골집이나 언니 자취방으로 가서 지냈기에 편하게 휴일을 보낼 수 있는 시간이 정말 간절했다. 토요일에도 일을 했던 시절이라 대구에서 창원까지 기차와 완행버스를 갈아타며 시골집까지 다녀오는 일은 정말 힘든 여정이었다. 그래서 허름해도 따뜻하게 지낼 나만의 공간이 있다는 것만으로 행복했다.

1년여의 시간이 흐르는 동안 열심히 일했고 배운 것도 많았다. 100여 명밖에 안 되는 규모라 통근 버스에서 매일 만나는 분들과도 가까워졌고 현장과 사무실을 자주 오가다 보니 그 사이 모르는 얼굴이 없을 정도로 친해졌다. 회사에서도 내가 만들어낸 성과를 좋게 평가한 덕분에 이듬해엔 인근 직업전문 학교에서 여사원을 추가로 모집하기도 했다. 여사원을 둘이나 들이게 된 것에 대해 같은 연구실 내 설계팀에서는 우리 팀을 부러워하기도 하고 가끔은 질투하기도 했다.

그러던 어느 날 잔업을 마치고 늦은 시간에 통근 버스에서 내려 집으로 가던 길이었다. 영하 10도를 밑도는 아주 추운 날이었다. 바람 때문에 체감 온도는 더 떨어졌다. 그때 롱스커트를 입은 여성 두 분이 설문 조사 중이라며 몇 자 적어달라고 말을 걸어왔다. 그 순간 언니가 떠올랐다. 언니도 당시 근무하던 신문사에서 설문 조사를 하러 나가는 일이 종종 있었는데 사람들이 자기를 투명인간 취급할 때 좌절감을 느꼈다고 했었다. 차마 그냥 뿌리칠 수 없어 꽁꽁 언 손을 비벼가며 설문에 정성껏 답을 달아주었다. 내용 중 '십자가도 우상숭배라고 생각하느냐'는 질문이 있었다. '그렇다'에 체크를 하자 그녀들은 눈을 반짝이며 설문 작성에 관심을 보였다. 설문에 대해 자세히 설명해줄 테니 함께 가자고 권했고 나는 별다른 의심 없이 따라나섰다.

그동안 언니는 혼자 지내는 생활에 익숙해져 있었고 나는 기숙사 생활이 몸에 익은 터라 둘은 한집에 살면서도 생활 패턴이 전혀 달랐다. 언니는 어려서부터 위장 장애가 있었기에 아침 식사를 거르는 법이 없었고 점심도 도시락을 싸 가지고 다니며 음식에 신경을 쏟았던 반면 청소하고 빨래하는 살림에는 젬병이었다. 반면에 나는 새벽에 일찍 나가야 했기에 아침을 거르는 건 당연했고 잔업이 많아 저녁까지 회사에서 해결하고 왔기에 주말이 아니면 집에서 밥을 먹을 일이 없었지만, 언니가 잘 안 하는 청소와 빨래는 항상 내 몫이었다. 둘 다 소심한 A형이라 서로 불편한 걸 터놓고 얘기하질 못했고 그러는 사이 갈등의 골이 깊어지고 있었다. 언젠가부터 언니가 이미 내게 마음 문을 닫은 것만 같아 일부러 대화할 기회도 피하게 되었다. 집에 일찍 가더라도 어차피 불편할 터였는데 그녀들 덕에 적당히 시간을 때울 수 있어서 한편으론 잘됐다는 생각도 했다.

교회라는 곳은 도로변에 위치한 상가 건물 맨 꼭대기 층이었다. 늦은 시간임에도 사람들이 삼삼오오 모여 공부를 하고 있었다. 특이하게도 교회 단상으로 꾸며진 곳에 십자가가 없었다. 그녀들은 내게 성경 구절들을 하나하나 찾아서 십자가가 우상숭배인 이유를 설명해주었다. 그곳에서 들은 얘기는 지금까지 들은 바 없는, 상식을 깨는 것들이었다. 무언가에 이끌리듯 그날 침례까지 받았고 이후 그곳은 퇴근길에 들르는 필수 코스가 돼버렸다. 7단계로 구성된 교재를 순차적으로 공부하면서 귀가하는 시간도 늦어졌다. 그러던 어느 날 회사 일에 문제가 터지고 말았다.

크리스마스이브였다. 거리는 축제 분위기였고 나 역시 이날만큼은 마음 편히 즐기고 싶었다. 일찍 퇴근을 하고 약속 장소로 향하던 길에 사무실에서 호출이 왔다. 상관의 목소리는 매우 격앙되어 있었다. 내 실수로 고가의 장비가 망가질 뻔했는데 다행히 현장 직원이 발견해서 비상 정지를 시켰다는 것이다. 너무 놀란 나머지 그날 밤 회사로 돌아가 텅 빈 사무실에서 혼자 자정이 넘는 시간까지 잘못된 파일들을 수정했다. 반복되는 작업들 중에 중요한 단계를 건너뛰었던 것이었다. 대체 어찌된 영문인지 알 수가 없었다.

며칠 뒤 반장님의 호출을 받아 현장에 불려 갔다. "기계 망가지면 네가 책임질 거야? 그러게 이런 일은 처음부터 여자들한테 맡기는 게 아니야." 나는 대꾸도 할 수 없었다. 그저 못난 내 모습에 눈물만 났다. 최종 확인 결과, 현장에서 나의 작업지시서를 무시하고 중요한 작업을 누락한 것이 문제의 원인이었지만 그 일은 현장과 사무실 사이에 분쟁만 만들고 말았다.

이제 겨우 2년이 될까 말까 한 시점에 너무 한눈을 팔았던 것이다. 회사 일을 배우고 가르치는 것보다 교회에서 성경 공부하고 사람들과 봉사하러 다니는 일이 더 좋았다. 이 모든 일이 너무 방심했던 내 탓이었다. 그렇게 낯선 환경에서 새로운 일에 도전하던 나의 소중한 시간도 저물고 있었다.

내 잘못이 아니야

신입 사원이 들어왔다. 그러나 입사 후 수습 기간이 끝나갈 무렵까지도 업무가 제대로 진행되지 않았다. 같은 여성이라는 이유로 그녀의 사수가 된 나로서도 답답한 건 마찬가지였다. 그녀의 입에서는 날로 불평이 늘어갔고 그녀가 어려워하는 문제들은 내가 나서서 해결해주었다. 처음 일을 어렵게 배웠을 때를 생각하며 가능한 쉽게 처리할 수 있는 해법을 알려주었다. 그러나 그것은 내 것이었지 결코 그녀의 것이 될 수 없었다. 결국 내가 베푼 호의는 그녀 스스로 고민하고 찾아볼 수 있는 기회를 박탈한 거나 마찬가지였다. 회사에서는 당장 눈앞에 보이는 성과만으로 판단했고 결국 그녀는 스스로 회사를 포기하고 말았다.

그녀를 그렇게 보낸 뒤 그 회사에서 내가 더 이상 성장할 수 있는 기회는 없었다. 3D 모델링을 배우고 싶었지만 여자가 하기 힘든 일이라는 이유로 내게 기회를 주지 않았다. 영어 실력도 부족하고 대학도 나오지 않은 내게 기회가 오는 것도 이상하다고 생각했지만 시간이 갈수록 내가 남자였다면 가능하지 않았을까 하는 의구심이 들었고 성차별이 이렇게 심한 회사에서 내가 할 수 있는 일은 여기까지라는 생각이 들기도 했다. 그도 그럴 것이 설계팀에 입사한 남자 직원이 있었는데 회사가 방위산업체로 등록되어 있어 인근 공업고등학교를 졸업하고 기능사 자격증 취득 후 회사에 다니면서 군복무를 병행하던 친구였다. 하지만 나보다 한참 어렸던 그는 설계팀에서 자동차 디자인 일을 '배우면서' 월급도 나보다 더 많이 받고 있었다. 일의 성과에 따라 급여가 달라지는 게 아니었다. 나이와 성별, 근무 기간에 따라 결정되는 급여 체계에서 '여성'이라는 조건이 가장 불리했다.

그 무렵 나는 교회에 나가지 않았다. 이 땅에 재림예수가 이미 와 있으며 우리가 믿어야 하는 재림예수가 우리나라 사람이라는 황당한 얘기에 더는 그곳에 나가서는 안 되겠다는 생각이 들었다. 그들은 노스트라다무스의 종말론을 부추기며 신도들에게 '성전 건축금'을 요구했다. 울릉도에서 대구까지 유학을 왔다는 고3 학생은 부모님이 농사지어 마련한 대학 등록금을 성전 건축금으로 내놓았고 어렵게 합격한 대학까지 포기했다. 나는 그들의 말을 믿을 수 없었다. '98년은 없다'는 그들의 말은 거짓이어야만 했다. 지금까지 악착같이 살아온 내게 종말은 너무나 허무한 소리였다. 그러나 그들은 이미 내 삶에 깊이 침잠해 있었고 내가 교회에 나가지 않자 집은 물론 회사까지 찾아오기도 했다.

그 무렵 모든 주변 상황이 내 목을 조르고 있었다. 심지어 자취방이 있던 마을이 재개발 구역에 들어가면서 이사도 해야 했다. 셋방의 기간 만료를 보름 정도 앞둔 어느 날 오후, 회사 업무를 서둘러 마친 후 이사 갈 집을 알아보기 위해 조퇴를 했다. 공단 지역이라 통근 버스가 없을 땐 시내버스 정류장까지 30분을 걸어야 했다. 따가운 봄볕을 피해가며 이면 도로를 걷고 있는데 뒤에서 차 한 대가 경적을 울리며 다가오더니 교차로에서 차를 세웠다.

"태남 씨? 어디까지 가세요? 태워드릴게요. 얼른 타세요." 낯익은 얼굴의 그는 내 이름을 분명히 기억하고 있었지만 나는 그가 누군지 생각나지 않았다. 그러나 친절한 미소를 지으며 얼른 타라는 재촉에 얼떨결에 그의 차에 올랐다. 가까운 버스 정류장까지만 부탁한다 했지만 기어코 목적지까지 데려다주겠다고 했다. 그의 과한 친절은 내내 나를 불편하게 했다. 10분 정도 도로를 달리던 차는 큰길을 벗어나 버스 정류장이 아닌 인근 상점 앞에 멈췄다. 잠시 후 돌아온 그의 손엔 차가운 음료가 들려 있었다. 음료를 건네는 그의 호의를 무시할 수 없어 마셨지만 그 길로 정신을 잃고 말았다.

다시 눈을 떴을 때 나를 내려다보는 그의 눈과 마주쳤다. 머리가 깨질 듯 아팠고 구역질이 났다. 입을 틀어막은 채 구역질을 하면서 몸을 일으켜 화장실을 찾았고 그가 알려주는 방향으로 뛰었다. 너무 무서웠다. 화장실에서 한동안 토악질을 하며 사경을 헤맸지만 어떻게든 빠져나가야 한다는 생각을 하며 출입구를 확인했다. 그나마 다행스러운 건 내가 있던 화장실이 출입문 바로 옆이었다는 것. 하지만 다리에 힘이 풀려 바로 서지도 못할 정도로 어지러웠고 심장은 금방이라도 터질 듯 요동쳤다. 화장실 문을 잠근 채 30분 넘게 안에서 버텼다. 그는 밖에서 문을 두드리며 가방을 줄 테니 문을 열라고 나를 설득했고 나는 가방을 문 앞에 두라고 요구했다.

어느 정도 시간이 흐르는 동안 입을 헹구고 세수를 하며 혼미한 정신을 붙잡았고 다소 멀어진 그의 발소리를 듣고 조용히 화장실 문을 열었다. 그러나 그는 내 눈앞에 알몸으로 서 있었고 너무 놀라 멍하니 있던 나를 확 끌어당겨 침대 위로 던졌다. 나는 비명을 지르며 발버둥 치다가 그가 내 구둣발에 차인 틈을 타 문밖으로 내달렸다. 입구에 놓여 있던 가방을 낚아채듯 팔에 걸고 헐레벌떡 뛰쳐나왔을 때 그곳이 모텔임을 알리는 네온사인이 어두운 골목길을 밝히고 있었다. 근처를 지나는 택시를 잡아 달아나기까지 얼마의 시간이 흘렀는지 알 수 없었지만 다행히 그가 알몸이어서 나를 따라 나오지는 못한 것 같았다.

눈물이 비 오듯 쏟아졌다. 비참했다. 아무리 열심히 살아도 내 삶은 조금도 나아지지 않았다. 열심히 돈을 모아도 사글세로 다 빠져나가는 현실과 여자라는 이유로 무시당하고 조롱거리가 되어버린 오늘이 정말 끔찍했다. 뭐가 잘못된 걸까? 내가 처음부터 그 교회를 가지 않았다면, 그날 설문 조사하던 사람들을 그냥 무시하고 집으로 바로 갔었다면, 과연 오늘이 달라졌을까?

한동안 나아졌던 두통과 흉통이 다시 심해졌고 며칠을 앓아누웠다. 어떻게든 버티기 위해 새벽에 눈을 떠서 진통제부터 밀어 넣었다. 며칠 만에 퀭한 얼굴로 출근한 나를 걱정해주는 팀원들이 대부분이었지만 내가 사무실 분위기를 망치고 있다고 나무라는 분도 있었다. 나는 그날의 충격에서 벗어날 수 없었지만 누구에게도 말할 수 없었다. 며칠 후 조용히 사직서를 제출했다.

연 16.5퍼센트의 적금을 깨다

무작정 창원으로 돌아왔다. 모든 걸 잊고 다시 시작하고 싶었다. 친구들을 만나고 아르바이트도 했다. 그러다 오랜만에 학교를 찾아갔다. 빈손이 부끄러웠지만 선생님은 반갑게 맞아주셨다. 마침 구인 요청이 온 곳이 있다며 면접 제의를 해주셨다. CAD 설계 학원이었는데 내가 취득한 '기능사 1급' 자격만으로도 '강사 면허' 등록이 가능하다고 했다. 누가 이름만 불러도 얼굴부터 빨개지는 새가슴인 내가 강의라니, 상상도 해본 적이 없었다. 생각만 해도 떨리는 일이었다. 두려움이 컸지만 선생님의 권유를 뿌리칠 수 없었다. 결국 경험이라 생각하고 면접을 보기로 했다. 어찌된 일인지 면접에 합격했고, 창원으로 돌아온 지 채 한 달이 되기도 전에 새로운 일을 시작하게 되었다.

경력이 있긴 했지만 강의를 하기 위해서는 다시 공부해야했다. 프로그램을 다루는 것과 가르치는 일은 분명 달랐다. 다행히 3개월의 수습 기간이 주어졌기에 적응하는 데 큰 도움이 되었다. 수습 기간 중 모자라는 생활비를 충당하기 위해 퇴근

후 마트에서 아르바이트도 했다. 생각보다 빨리 적응한 덕분에 수습 기간이 한 달 줄었다. 본격적으로 수업을 시작하니 내가 가진 지식이 좀 더 체계적으로 정리되었다. 강단에 선다는 것이 두려워 한동안은 잠을 이룰 수 없을 정도였지만 막상 학생들 앞에 선 내 모습은 당당했다. 이런 나의 낯선 모습이 놀랍기도 했다. 다른 반 선생님들 못지않게 학생 수도 눈에 띄게 늘었다. 당시에는 학생 수에 따라 교육 수당이 추가되었기에 학생 수는 수입과 직결되었다.

오전 10시 수업의 수강생은 주로 대학생이나 취준생이 많았고 오후 수업을 듣는 이들은 인근 공업고등학교나 상업고등학교 학생들이 대부분이었다. 저녁 식사 후부터 마지막 수업이 끝나는 밤 10시까지는 일반 직장인을 대상으로 수업을 진행했다. 그러다 보니 내 나이가 걸렸다. 스물둘이란 나이는 너무 어렸다. 강사들은 거의 전문대학이나 4년제 대학을 졸업하고 입사했기에 사회 경력 없는 신입이어도 보통 스물 대여섯인데 반해 2년이란 사회 경력을 보유하고도 나이가 스물둘이라는 것은 스스로 고졸임을 홍보하는 격이었다. 원장님 입장에서야 어찌 됐든 '강사 면허 등록증'만 있으면 강의 진행에는 문제가 없으며 오히려 월급이 적게 나가 좋았지만 학생들 입장에선 꺼려질 수 있었다. 결국 내 나이는 타의로 스물넷이 되었다.

"선생님 궁금한 게 있는데요. 혹시 개명하거나 그런 적이 있어요? 아니, 일부러 찾아보려고 한 건 아닌데요. 선생님께서 저보다 2년 후배가 되는 거잖아요?"

"아, 네……."

"어제 동네 후배 집에 갔다가 우연히 중학교 앨범을 봤는데 선생님 이름이 없어서요."

그 순간 모두가 동그랗게 눈을 뜨고 나를 응시했다. 내 얼굴은 금세 홍당무가 되었고 뭐라고 대답해야 할지 몰라 눈동자만 이리저리 굴리다 결국 자초지종을 설명했다. 큰일이다 싶었지만 고맙게도 모두들 한바탕 웃고는 비밀로 덮어주었다. 아찔한 순간이었지만 그 덕에 우리는 좀 더 친해졌다. 나는 학생들의 기능사 시험 대비를 위해 학원 교재 외에 내가 공부할 때 썼던 스터디 노트를 제공했고 그 결과 우리 반 학생 전원이 필기시험에 합격하는 쾌거를 이루기도 했다. 그것도 민간자격증이 아닌 국가기술자격에서. 6개월이 채 되기도 전에 만들어낸 100퍼센트 합격률은 대대적인 홍보 수단이 되었고 당시 우리 학원의 아성에 도전할 만한 곳이 없을 정도였다.

하지만 그로부터 얼마 지나지 않은 1997년 11월에 IMF 외환 위기로 인해 인근 공단의 사업체들이 줄줄이 도산하면서 학생 수가 급격하게 줄었고 그 여파는 학원 경영에 치명타를 입혔다. 학생 수가 급감하자 자잘한 사무 비품까지도 사용 제재가 들어왔다. 때문에 우리 반 학생들에게 별도로 제공했던 스터디 노트 공급도 중단할 수밖에 없었다. 나의 비밀병기나 마찬가지였던 그 자료를 학생들에게 제공할 수 없다는 것은 시험 준비에 치명적이었다. 학생 수에 따라 강사들에게 별도로 지급되던 교육 수당도 전면 폐지되면서 학생 수가 많았던 나는 전체 수입의 3분의 1이 사라졌다. 궁여지책으로 정부에서 시행한 재취업자 지원 사업의 혜택을 받기 위해 해당 과정을 추가 개설하였으나 당시 지원되던 정부 지원금도 기존에 받던 학원비의 절반 수준밖에 안 되다 보니 수업 시간은 늘었지만 수입은 오히려 줄어드는 상황이었다. 그렇게 또다시 위기가 찾아왔다. 하루 13시간씩 주말도 없이 일했지만 통장에 찍힌 급여는 '67만 원'이 전부였다.

한파가 불어닥쳤다. 정규직의 수가 감소하고 계약직, 임시직이 늘어났다. 대부분의 직장에서 상시적인 고용 불안이 감돌았다. 대학 졸업장이 평생을 보장해주지 않는다는 인식이 확대되었고, 공무원조차 더는 미래를 장담할 수 없었다. 중산층이 사라지고 소득 격차가 점점 더 심해졌다. 2009년쯤 대두되었던 소위 88만 원 세대 등 저소득층이 영구적인 '워킹푸어'로 전락하기 시작한 시점이 이때부터였다.

금리는 바닥을 모르고 떨어지기 시작했지만 나는 더 이상 버텨낼 재간이 없었다. 결국 학원에 근무하며 들어놓은 적금을 깼다. 연 16.5퍼센트 확정금리, 지금으로선 말도 안 되는 금리였지만 말이다.

봄처럼 다가온 사람

학원 근무를 시작하면서 잠시 마트에서 아르바이트를 병행했다. 늘 손님이 끊이지 않는 매장이었다. 당시만 해도 대형 마트가 들어오기 전이라 바코드 시스템이 도입되지 않았다. 가격표가 없는 음료들은 가격을 외워야 했다. 부모님의 가게를 도왔던 경험 덕분인지 생각보다 어렵지는 않았다. 낮에는 학원 강사로, 밤에는 마트 점원으로 빠듯한 하루하루를 보내는 나날이었다.

어느 조용한 저녁 시간, '딱' 하는 소리와 함께 뒤통수에 강력한 스매싱이 날아들었다. 민이 형이었다. 2년여 만에 다시 만나서 반갑다는 인사를 그는 그렇게 했다. 마침 워크숍 준비로 살 것이 있었는데 내가 아르바이트를 한다는 소식을 듣고 겸사겸사 왔다는 것이다. 그는 국가대표 유도 선수였지만 부상을 당하면서 기술을 배우기 시작했다. 다행히 일이 잘 풀려서 지금은 S항공에서 근무한다. 그때 함께 온 남자가 수줍게 인사를 했다.

"안녕하세요." 우리의 첫 만남이었다. 이날 둘은 흘러넘칠

만큼 술과 안주를 싣고 돌아갔다. 그렇게 몇 주가 지난 뒤, 우리 셋은 카페에 마주 앉았다. 그와의 두 번째 만남이었다. 당시 이 남자를 전혀 의식하지 않아서였을까. 다시 만난 그는 이름도 얼굴도 무척 낯설었다. 반면 그는 나를 선명하게 기억하고 있었다. 하지만 그때까지 이성 교제를 생각해본 적이 없었던 내겐 그도 다른 남자 사람들처럼 그냥 '형'이었다.

그는 나보다 한 살이 많았다. 그도 고등학교를 졸업하고 바로 일을 시작했다는 사실을 알았을 때 동질감 같은 것을 느꼈다. 우연히도 그가 전역한 날이 내가 회사를 퇴사한 날이었고 일을 다시 시작한 날도 같았다. 특별할 것은 없었지만, 그날 그가 들려준 이야기들은 한 문장 한 문장 내 마음에 깨알같이 뿌려져 반짝거렸다.

서로 근무 시간이 달랐기 때문에 주중에는 만나기가 어려웠지만 주말만 되면 붙어 다녔다. 그는 항상 밝게 웃는 얼굴이었고 만날 때마다 재미난 이야기로 나를 웃게 했다. 시간이 흐르면서 자연스럽게 우리는 '연인'이 되었다. 그러나 나는 항상 그를 '형'이라 불렀고 그는 내게 '오빠'라는 말을 끌어내기 위해 부단히 노력했다. 훈련원 시절 남성 중심의 사회에서 나를 지킬 수 있는 건 나 자신뿐이었다. 그들 사이에서 성별의 차가 느껴지지 않도록 늘 언행에 신중했었다. 한국 사회에서 여자로 살아가기란 당시로선 더욱 힘든 시절이었다.

그를 만날 때마다 느끼는 좋은 감정이 사랑이란 것조차 눈치 채지 못했다. 단 한 번도 뜨거워본 적이 없어서였을까. 결혼 따위는 할 생각이 없었다. 어려서부터 가난과 불행이 꼬리표처럼 따라다녔고 행복을 모르고 자랐다. 지금 행복하지 않다는 데서 오는 불행보다, 앞으로도 행복할 수 없을 것이라는 비관이 나를 더욱 힘들게 했다. 우리 부모님의 삶이야말로 내가 다시는 걸어서는 안 될 반면교사였다. 그를 만나고는 있었지만 거리를 지켰다. 하지만 만남은 계속되었고 나도 모르게 내가 봄처럼 그의 곁으로 다가가고 있었다. 어느 날, 눈을 떠보니 아침이 된 것처럼 그가 성큼 내 눈앞에 피어 있었다. 내 마음을 확인한 순간이었다. 그렇게 그는 내게 '형'이 아닌 '오빠'가 되었다.

그녀를 기억하며

바람이 스산한 10월 어느 날. 늦은 시간까지 공부를 하던 여학생이 있었다. 그녀는 한 중견 기업에서 사무직으로 일했지만 연구원이 되고 싶어 자격증을 준비하고 있었다. 이미 필기시험에 합격한 터라 남은 실기시험 준비를 위해 늦은 시간까지 교실에 남아 있었다. 그런 그녀가 금요일 수업에 나오지 않았다. 수업이 끝나고 바로 연락해보려다 누구나 하루쯤은 그러고 싶은 날도 있지 싶어 전화기를 내려놓았다. 하지만 웬일인지 다음 날 특강에도 오지 않았다. 호출을 했지만 연락이 없었다. 결국 학적부를 뒤져 회사로 전화를 했다. 마침 그녀의 직속상관과 연락이 닿았는데, 청천벽력 같은 소식을 듣게 되었다.

그녀가 죽었다. 어젯밤 학원 오던 길에……. 교통사고였다. 퇴근이 늦어져 마음이 급했는지 무단 횡단을 하던 그녀는 평소처럼 검은색 옷을 입고 있었다. 어둑어둑해질 무렵이었는데 넓은 도로를 쌩쌩 달리던 가해 차량은 헤드라이터를 켜지 않았다. 서로가 서로를 보지 못했다. 차에 충돌한 그녀는 힘없이 날아가 종잇장처럼 구겨지고 말았다. 가해 차량 운전자도 부딪치고 나서 알았다고 했으니 그 충격이 얼마나 컸을까. 병원으로 옮겨졌지만 머리를 크게 다친 그녀는 결국 세상을 떠나고 말았다.

그녀를 만나러 가는 길, 영안실을 들어서는 건 처음이었다. 들어서는 순간 '故 안선희'라고 쓰인 글자가 눈에 들어왔다. 가슴이 '쿵' 하고 내려앉았다. 곧이어 눈에 들어온 영정 사진은 학적부에 붙어 있던 그 증명사진이었다. 눈물이 왈칵 쏟아졌다. 다리에 힘이 풀려 그 자리에 주저앉았다. 그녀의 어머니께서 영정 앞에 앉은 나의 손을 잡고 대성통곡을 하신다. 왜 이제 왔냐고, 선희가 학원에 다니는 줄도 몰랐다고 하셨다. "아이고 선희야, 네가 그렇게 좋아하던 선생님이 왔다."

그녀도 나처럼 가난했고 나만큼 아팠기에 그녀가 얼마나 행복해지고 싶었는지 나는 잘 알고 있었다. 필기시험에 합격하고도 실기시험까지 통과해서 자격증을 따면 부모님께 당당하게 말씀드리겠다고 했던 그녀였다. 아직 못해본 게 너무 많았다. 하고 싶은 것도 정말 많았다. 그런 그녀가 그렇게 허망하게 가버렸다. 내가 해줄 수 있는 게 아무것도 없었다. 그녀의 죽음은 도저히 혼자 감당할 수 없는 아픔이었다. 죽는 것은 순서가 없다지만, 아등바등 어떻게든 살아보려는 사람에게 어떻게 이런 일이 생길 수 있는지, 가슴이 찢어지는 통증이 다시 찾아왔다.

나는 IMF 시대를 살았다

1997년 11월 21일, IMF 구제금융 신청이 공식 발표되었다. 뉴스 보도는 사상 최대 부도, 여기도 부도, 끝없는 부도 등 온통 부도가 났다는 소식으로 채워졌다. 거기에 부모가 현실을 비관해 아이들의 목숨을 끊고 스스로 자살을 했다거나 자살을 시도했지만 죽음에 이르지 못해 존속살해 혐의로 수감된다는 뉴스도 들렸다. 서울역 앞이나 지하철역은 매일 밤마다 노숙자들의 숙소가 되다시피 변해버렸고 몹시 추운 겨울밤이면 어느 지하철역에서 노숙자가 동사했다는 소식이 줄을 이었다.

매해 공채를 통해 신입 사원을 모집하던 대기업들은 모집은커녕 희망퇴직이나 명예퇴직을 통한 인원 감축에만 열을 올렸다. 아울러 신규 인원이 필요할 때는 정직원이 아닌 인력 업체를 통한 계약직으로만 충원을 했고 대부분의 업무를 직영이 아닌 하청에 재하청을 주는 식으로 진행하면서 고용 시장 자체를 흔들어놓았다.

실업률이 높아지자 국가에서 내놓은 대책으로 재취업을 위한 교육 시장이 확대되었다. 학원이 아닌 일반 전문대학에서도 짧게는 1개월에서 길게는 3개월이나 6개월 과정으로 국비 지원을 받아 재취업 교육을 하는 곳이 많아졌다. 하지만 대부분의 교육이 인터넷정보검색사 과정이나 오토캐드 프로그램 교육, 페인트샵이나 일러스트를 이용한 웹페이지 작성에 관련된 교육이 대부분이었다. 때문에 고용 지원까지는 한계가 많았고 기껏해야 6개월짜리 공공 근로 사업으로 연계해 저렴한 인건비로 국가사업을 진행하기도 했다.

그때 잠시 아르바이트 형식으로 했던 일이 GPS 기반을 확립하기 위해 청사진으로 구워진 지도를 CAD 파일로 도면화하는 작업이었다. 단순히 도면 작업만 했기에 최종적으로 그 도면이 어디에 어떻게 쓰였는지는 알 수 없지만 상수도와 하수도 배관이나 지하 매설물 정보까지 있었던 것으로 기억하고 있다. 어쩌면 그때 내가 그렸던 도면의 일부가 지금의 내비게이션을 구축하는 데 사용되었을 수도 있겠다고 추측만 할 뿐이다. 하지만 워낙에 박봉이라 오래 할 수 있는 일이 아니었고 다시 강의를 나가게 되면서 그만두었다. 6.25 이후 최대의 국난이라는 말이 괜히 나온 게 아니었다.

그 무렵 아버지의 비디오 가게도 문을 닫았다. 집에서 비디오를 빌려서 보던 문화가 연인이나 친구들과 함께 비디오방이나 DVD방을 찾는 문화로 바뀌었고 각 가정마다 PC 보급이 늘어나면서 비디오 가게는 점차 사양산업으로 전락했다. 더 이상 가게를 유지하기 어려웠다. 하지만 IMF로 불안정한 상황에서 새로운 일거리를 찾기가 부모님에게도 여간 어려운 일이 아니었다.《벼룩시장》같은 무료 취업 정보 신문을 통해 수많은 광고들을 탐색하는 일이 하루의 시작이었다.

그 무렵 엄마가 다단계 판매 사업을 시작하셨다. 1996년 유통시장의 전면 개방과 함께 다단계 판매가 합법화되었지만 하필이면 엄마가 만난 회사는 합법적인 다단계 판매를 사칭한 불법적인 피라미드 판매를 하는 곳이었다. 불안에 떠밀려 자연스럽게 사람들이 몰려들었고 그만큼 피해 금액도 눈덩이처럼 불어났다.

당시 '옥장판' 하면 다들 피라미드를 쉽게 떠올릴 것이다. 엄마가 시작한 사업은 옥장판이 아닌 정수기나 건강 보조 기기들을 판매하는 곳이었다. 일반적인 생필품이 아니다 보니 워낙에 고가인 데다 재구매가 일어나지 않는 제품의 특성상 사업이 잘될 리 만무했다. 그러나 엄마를 말려보겠다고 엄마가 일하는 사무실을 찾아가셨던 아버지도 함께 합류하기에 이르렀고 얼마 지나지 않아 새로운 아이템들로 갈아타기도 하셨다. 어느 순간 집에는 쓰지 않는 고가의 물건들이 쌓여갔고 결국 회사가 문을 닫게 되자 판매 수익금 대신 재고로 남은 물건을 떠안게 되셨다. 피라미드의 최상위 등급이었던 초기 사업주는 나눠 주어야 할 판매 수익금을 빼돌려 도주했고 그 아래에서 울며 겨자 먹기로 몰려들었던 개미 군단들만 피해를 본 셈이었다.

하필이면 그때 나도 근무하던 학원을 그만두게 되었지만 상황이 그러하다 보니 차마 집으로 들어갈 수가 없었다. 하루라도 빨리 재취업을 해야 했고 한 푼이라도 더 집으로 보내드려야 했다. 그러니 내가 야간대학을 가겠다고 했을 때 엄마가 그렇게 반대했던 것도 이해 못 할 일은 아니었다.

가시나무

IMF 외환 위기는 내 삶을 송두리째 흔들어놓았다. 오랜 시간 살인적인 스케줄로 진행되던 수업으로 인해 건강에 적신호가 울렸다. 강의실 밖까지 울렸던 나의 목소리는 시간이 갈수록 줄어들었고 목 상태는 날이 갈수록 나빠졌다. 이른 봄에 시작된 감기는 떨어지지 않았고 생리라도 시작하는 날은 그야말로 죽음이었다.

종일 장대비가 내리던 날 오후, 저녁 수업이 시작되기 전이었다. 계속되던 복통으로 잠시 책상에 엎드려 있었는데 등줄기로 뭔가가 타고 오르는 느낌이 들더니 감당하기 어려울 정도의 심한 두통이 몰려왔다. 지금까지 겪어보지 못한 통증에 눈물이 멈추지 않았다. 도저히 수업할 상태가 아니어서 결국 병원으로 실려 갔다. 응급실에서 측정한 혈압은 150/120mmHg까지 치솟아 있었다. 평소 혈압이 낮아서 상습적인 두통에 시달렸는데 평소와 달리 혈압이 그렇게까지 올랐다는 게 이해가 되지 않았다. 다행히 마약성 진통제와 약물로 치료를 받고 겨우 수업을 할 수 있었다. 다음 날 외래 진료를 갔지만 검사 비용이 부담스러워 슬그머니 병원을 빠져나왔다.

그 무렵 학원 원장님이 운영하시던 설계 사무실이 부도 위기에 몰렸다. 게다가 교재를 출간하면서 들어갔던 출판 비용까지 부채로 떠안으면서 급여마저도 맞춰줄 수 없는 상황이 되자 원장님은 내게 병가로 한 달간의 무급 휴가를 주겠다고 하셨다. 매달 들어가는 적금에 방세를 생각하면 쉴 수 있는 상황은 아니었지만 다른 방도가 없었다. 그러나 휴직 기간에 퇴직금을 중간 정산하고 이후부터는 퇴직금 지급을 중단한다는 결정을 통보받았다. 휴직 기간을 빼면 1년이 안 되기 때문에 학원 입장에서는 공식적으로 퇴직금을 주지 않아도 된다고 했다. 억울했지만 내가 자리를 비운 사이 사칙을 변경한 터라 어쩔 도리가 없었다. 그만둘 생각은 없었다. 지금 같은 경기에 어떻게든 버텨야 했다. 하지만 학원의 횡포는 날이 갈수록 심해졌다.

그런 와중에도 어느새 나는 학생들과 함께 시험을 앞두고 있었다. 목 상태는 갈수록 나빠졌고 기침이 멎질 않아 결핵 병원을 찾기도 했다. 오랜 자취 생활로 음식에도 신경을 쓰지 못했고 부담스러운 병원비 때문에 제대로 된 치료조차 받지 못했지만 나를 따라주는 학생들과 당장의 생활비를 생각하면 쉴 수 없었다.

그렇게 최선을 다해 하루하루를 살아내던 어느 날이었다. 출근길부터 어지러웠지만 일단 버텼다. 교실에 들어서자 멈출 수 없을 정도로 기침이 났다. 급히 휴게실로 이동하려 몸을 일으키던 찰나 나는 바닥에 쓰러지고 말았다. 세상이 빙글빙글 돌더니 까맣게 스위치가 꺼졌고 학생들이 다급하게 부르는 소리가 귓가에서 점점 멀어져 갔다. 눈을 떴을 땐 응급실에 누워 있었다. 바로 회복할 수 없는 상황이라 온종일 수액을 맞고 병원에 누워 있었다. 다시 무너진 나 자신이 싫어 혀라도 깨물고 죽어버리고 싶었다. 통증은 습관적으로 일어났고 나는 견뎌내기 위해 손등을 물어뜯었다. 그런 내 상처를 알아봐준 그는 가끔 내가 퇴근하는 시간에 맞춰 집 앞에서 기다리고 있었다. 당시 기숙사 생활을 하던 터라 통금 시간까지 우리에게 주어진 시간은 한 시간뿐이었다. 그 한 시간을 위해 나를 보러 와준 그가 고마웠다. 하지만 그늘 짙은 나를 사랑한 탓에 환하던 그의 얼굴도 점차 어두워져갔다.

그에게도 생각지 못한 시련이 닥쳤다. 어느 날 다급하게 나를 찾는 호출을 받고 찾아 간 그곳에는 만취 상태로 인사불성이 된 그가 누워 있었다. 그는 내가 그를 떠날까 봐 두려워하고 있었다. 그러면서도 이따금씩 정신을 차린 그는 마음에도 없는 말을 했다.

"나는 이제 더는 너를 지켜줄 수 없어. 놓아줄 때 얼른 가. 가버리라고……."

마지막까지 우리와 함께 있어주었던 지인이 자신이 머물던 오피스텔로 안내했고 그가 잠든 사이 그간에 있었던 회사 사정을 들려줬다. 최근 갑작스런 보직 변경이 있었는데 한 달도 안 돼서 희망퇴직자 명단이 나왔다고 했다. 고의성 짙은 인사 조치였다. 그간 S기업에 다닌다는 자부심 하나로 일했지만 회사의 정책을 거부할 수 없었던 그가 결국 희망퇴직을 신청하고 만 것이다. 그렇게 힘들었으면서도 늦은 시간에 나를 보러 와준 바보 같은 이 남자에게 내가 무엇을 해줄 수 있을까. 오히려 내가 그에게 짐이 되고 있다는 생각에 그날 밤 잠을 이룰 수 없었다.

그동안 나를 만나면서 너무도 변해버린 그가 안쓰러웠다. 가시처럼 뻗어난 내 아픔을 감싸주기 위해 온몸을 찔려가며 안아주었다는 사실을 알아버린 순간 내 삶이 무너지는 것 같았다. 모든 게 나 때문이었다. 그는 내가 떠나버릴까 걱정했다. 그의 편지는 그런 걱정들로 빼곡했다. 차라리 내가 없어지면 그가 예전처럼 살 수 있지 않을까 생각했다. 세상에 나처럼 질 퍽하게 어두운 사람이 또 있을까. 예리한 철사가 살을 파고들 듯 가슴이 조여왔다. 숨을 쉴 수 없어 또 손등을 물어뜯었다. 낫기도 전에 상처가 있던 자리에서 다시 피가 났다. 이렇게 고통스러운 삶을 살아야 할 이유가 없다. 이제 그만 세상에서 나를 지우고 싶었다.

이 세상을 떠나야 한다.
그러기 위해선 이 세상에서 나를 지워야 한다.

제일 먼저 사진첩 속의 내 모습을 오려냈다.

나의 모습을 완전히 갈기갈기 찢어 버렸다.

그리고 그건 지금 쓰레기통 안에서 슬프게 아주 슬프게

울고 있다.

— 1998. 9. 12. 새벽 1시를 지나며

20년 전에 썼던 일기장에 마지막으로 기록된 글이다. 그리고 그날 이후 나는 그 일기장을 다시는 꺼내지 않았다. 사진첩속 내 모습을 오려내면서 나를 지워버리기 위해 하나씩 정리했다.

살고 싶어졌다

그동안 그에게 받은 편지들을 모았다. 그와의 끈을 먼저 놓아야 했다. 그래야 그는 살 수 있을 테니까. 오늘 이별을 통보하면서 그동안 주고받았던 편지를 다 태우자고 할 참이었다. 세상에서 나를 지우기 위한 준비였다.

그가 회사를 그만두고 처음 맞는 주말, 우리는 자주 가던 용지 호수로 갔다. 호수 주위로 잘 정돈된 길을 몇 바퀴나 돌았을까? 다리가 아팠다. 근처에 있는 호프집으로 갔다. 내 머릿속은 온통 그를 어떻게 떠나야 할지에 대한 고민과 그가 어떤 말을 할까에 대한 생각으로 복잡하게 얽혀 있었다. 그는 항상 나 없이는 못 살 거라고 얘기했고, 결혼을 하지 않겠다던 내 마음을 돌리기 위해 부단히도 노력했었다. 그는 항상 행복한 미래를 꿈꿨고 나를 닮은 아이와 오순도순 살자고 했었다. 그런 그가 나 때문에 아파하는 게 싫었다. 자신의 앞날을 위해 달려야 하는 중요한 시기에 나 때문에 시간을 낭비하게 될까 봐 무서웠다.

'뭐라고 해야 할까? 더는 능력이 없으니 헤어지자고 말하면 믿을까? 아냐, 그건 너무 상처가 클 거야. 배신감이 너무 커서 좌절할지도 몰라. 그럼 어떻게 하지? 그래도 지금은 그 방법밖에 없어. 그렇게 해야 해.'

금방이라도 심장이 터져버릴 것 같았다. 그때였다. 한참을 말이 없던 그가 500CC 맥주 한 잔을 연거푸 들이켠 뒤 내게 말했다.

"우리 이쯤에서 끝내자. 나는 이제 더는 너를 지켜줄 자신이 없다. 나처럼 무능하고 보잘것없는 놈한테 붙어 있으면 네 인생만 더 고달프니까 우리 그만 헤어지자. 행복해라."

하늘이 무너지는 느낌이었다. 그는 곧장 자리를 떴고 멍하니 있다가 다급하게 뒤따라 나갔다. 술을 마신 그가 운전대를 잡고 있었다. 시동을 켜고 주차된 차를 빼려 했다. 본능적으로 그를 막아섰다. 그는 나를 치고라도 지나갈 듯 큰 눈을 부라리며 비켜서라고 했지만 나는 그럴 수 없었다. 그러기엔 우리는 서로를 너무 잘 알고 있었다. 그가 한 그 말이 진심이 아님을 알고 있었고 그 역시 내가 그를 걱정하듯 나를 걱정해서 하는 말임을 직감했다. 그 순간 어쩌면 그 역시 나처럼 마지막을 고하려 했을지도 모른다는 생각이 들었다. 그 자리에 주저앉아 펑펑 울고 싶었지만 그럴 수 없었다. 그를 막아야 했다.

그렇게 나를 지우려던 계획은 허무하게 끝나버렸다. 지독하게 짙은 잿빛이었지만 죽음을 준비하면서 오히려 더 간절하게 살고 싶어졌다.

3.

신데렐라는 결혼해서 행복했을까

현실도피

서로가 끝낼 수 없는 사이라는 걸 깨닫기까지 우리에겐 그다지 많은 시간이 필요치 않았다. 그의 실직은 새로운 기회를 가져왔고, 공동의 위기는 우리의 관계를 오히려 견고하게 만들었다. 그가 고등학교를 다닐 때만 해도 CAD가 도입되기 전이라 수기 제도만 했었다. 그런 그에게 나의 재능은 재도약하기 좋은 무기가 되어주었다. 주말 데이트 대신 나는 그의 개인 과외 선생님을 자청했다. 그는 아르바이트와 병행하며 국비 지원으로 수강할 수 있는 전문 과정들을 착실히 배웠다. 그럼에도 6.25 이후 최대 국난이란 말이 나올 정도로 나라 전체가 대공황 상태였기에 취업은 쉽지 않았다. 그렇게 한 해가 가고 99년 새해와 함께 나도 실직자가 되었다.

무슨 배짱이었을까? 그렇게 어려운 상황에서도 대학을 가야겠다는 생각을 했다. 강사로 활동하는 동안 나의 학력을 문제 삼는 사람이 생각 외로 많았던 이유도 있지만 무엇보다 배워보고 싶었다. 힘든 때일수록 돌아가야 한다는 생각이었다. 대학을 가겠다고 했을 때 엄마는 쓸데없는 짓이라며 말렸지만 내가 벌어서 가겠다고 하자 더는 막아서지 않았다.

나는 야간대학에 입학했다. 친구들이 대학 졸업을 했던 그해 3월에 입학하면서 나는 99학번이 되었다. 다행히 동년 3월부터 정부 지원 사업으로 시행된 재취업 과정에 전산응용기계과가 신설되면서 시간강사로 일할 기회를 잡았고 본격적인 주경야독의 삶이 시작되었다. 대학에서는 생산자동화과를 전공했다. 주간, 야간 모두 합쳐도 홍일점이었지만 이미 2년 동안기계과 수업을 이수하기도 했고 심지어 학생들에게 강의를 하고 있었던 만큼 학교생활에서 전혀 문제될 게 없었다. 재학 중에 산업기사 자격증을 2개나 더 땄고 졸업할 때는 과수석이라는 영광도 누렸다. 대학에 와보니 열아홉부터 직업훈련원에서단련된 경험과 지식 어느 것 하나 소중하지 않은 것이 없었다. 그 사이 그는 울산으로 거처를 옮겨 소규모 조선 설계 사무실에서 자리를 잡아가고 있었다.

강의를 나가면서 수입이 생기긴 했으나 학비를 해결해야했기에 형편은 나아지지 않았다. 학교와 직장 간 이동 시간을줄이기 위해 중고차를 마련했지만 자동차 가격보다 비싼 보험료도 부담이었고 창원 울산 간 장거리 연애에 들어간 유류비도 만만치 않았다. 그래서 주로 전화나 편지로 왕래를 했지만당시에는 통신비의 부담도 컸다. 그 와중에 부모님께 생활비도 보내드려야 했다. 적은 돈이지만 생활비를 보내드리고 나면 나는 교육원 식당에서 나오는 급식으로 하루를 버텨야 했고 학교 수업이 늦게 끝나는 날 가끔 배가 고플 땐 시장에서 천 원짜리 김밥 한 줄로 허기를 달래기도 했다. 하루하루가 고행의 연속이었지만 그래도 이 터널만 무사히 빠져나가면 밝은 빛을 볼 수 있을 거라 생각했다. 시댁 식구들은 어느 정도 자리를 잡은 만큼 결혼을 하라고 재촉했다. 그사이 언니도 결혼 날짜를 잡았다. 나도 결혼이라는 걸 구체적으로 생각하게 되었다. 하지만 언니의 결혼식을 한 달여 앞두고 형부에게 불미스러운 일이 생겼다. 그 일로 언니의 결혼식이 무산되었고 엄마는 언니보다 먼저 보낼 수 없다는 이유로 나의 결혼을 반대하셨다.

사실 엄마가 결혼을 반대한 이유는 따로 있었다. 스무 살에 첫 직장을 나가면서부터 들어놨던 적금이 스물다섯이 되던 그해까지 분명 2천만 원이 넘게 모여 있어야 했다. 하지만 엄마의 권유로 은행보다 보험사 수익률이 더 좋다고 해서 들었던 그 상품은 계약자가 엄마 명의로 되어 있었고 피보험자만 내 이름으로 된 적립식 보험이었다. 당시 엄마는 발 마사지 자격증을 취득하고 가게를 차리기 위해 대출을 받았는데 건물주가 상가 건물을 매도하는 과정에서 세입자들의 보증금을 챙겨 잠적하는 바람에 보증금도 못 받고 가게를 비워야 하는 상황이었다. 하지만 그때까지 대출금의 담보가 내가 매달 납입했던 적금이었다는 사실은 몰랐다. 내게 상의 한마디 없이 힘들게 번 돈을 담보로 대출을 받았다는 사실은 나에게 큰 충격이었다. 그러나 차마 엄마에게 내가 그 사실을 알게 되었다고 말할 수는 없었다.

엄마는 나를 무슨 돈 버는 기계쯤으로 생각하는 것 같았고, 그런 가족들 곁을 하루라도 빨리 떠나고 싶었다. 그땐 너무 어리기도 했고 현실에서 벗어나고 싶은 간절함 때문에 상황을 제대로 인식하지 못했다. 시집을 가면 모든 게 끝날 것 같았다. 없으면 없는 대로 시작하면 된다는 생각으로 가구며 가전제품은 최대한 싼 것으로 준비했고 신혼여행도 가까운 제주도로 잠깐 다녀왔다. 그렇게 졸업 전 결혼식을 올렸고, 남편이 울산에 마련한 14평짜리 전셋집에서 그해 12월까지 주말부부로 지내며 신혼살림을 시작했다. 그때 내 나이 겨우 스물다섯이었다.

학교 수업이 끝남과 동시에 결혼 8개월 만에 남편이 있는 울산으로 올라왔다. 그렇게 2년간 전공 스펙을 업그레이드 했지만 기혼자가 되자마자 구직 활동에 브레이크가 걸렸다. 대부분의 회사에서는 면접 기회조차 주지 않았고 그나마 면접을 보러 가도 출산과 양육을 문제 삼았다. 아직 어렸기 때문에 출산 계획을 미뤘고 그사이 충분히 준비할 수 있는 기간을 가질거라 했지만 그게 맘대로 되는 게 아니라며 오히려 핀잔을 주었다. 게다가 강의를 했던 지난 3년간의 시간은 경력으로 인정해주지 않았다. 몇 번이나 떨어진 끝에 그나마 경력을 인정받을 수 있는 자동차금형 제작하는 곳에 어렵게 합격했다. 하지만 회사가 신혼집과 차로 1시간 거리에 있었고 관련 업무를 놓은 지 3년이나 지났기 때문에 다시 공부를 해가며 일을 해야 했다. 새벽별을 보고 집을 나섰다가 늦게까지 잔업이 이어지는 삶은 여전했다. 같은 설계직에 종사했던 남편도 마찬가지였다.

하루는 회사에서 시작된 생리통이 너무 심해 저녁 8시쯤 퇴근을 했다. 힘겹게 운전대를 붙잡고 집으로 돌아왔지만 통증의 강도는 점점 더 심해졌고 일정한 주기로 반복됐다. 그날따라 남편의 퇴근은 더 늦었고 통증 주기에 맞춰 홀로 잠이 들고 깨기를 반복하다 밤 12시가 넘어서야 퇴근한 남편을 붙들고 펑펑 울었다. 도저히 아침까지 기다릴 수 없어 남편에게 업힌 채 응급실로 갔다. 소변 검사 결과 임신 반응이 나왔지만 태아가 보이지 않는다며 아무래도 유산된 것 같다고 했다. 우리에겐 아직 준비가 필요한 시점이었기에 한 달쯤 전에 루프 시술을 했는데 시술에 문제가 있었는지, 부작용이었는지 임신인 줄도 모르고 유산이 된 것이었다. 그렇게 아침이 될 때까지 진통제로 버티다 산부인과 선생님이 출근하신 후에 재검 후 '소파수술'을 받았다. 다행히 그날이 토요일이라 수술 당일 하루 월차를 썼고 일요일에 가퇴원을 했다.

입사 후 3개월이 겨우 넘었을까 싶었던 시기였기에 월요일에 바로 출근하려 했지만 부장님의 배려로 며칠을 더 쉴 수 있었다. 그러나 다시 출근했던 날 아침 "여자는 이래서 안 돼!"라

는 사장님의 훈계를 시작으로 조직에서 이미 난 죄인이 되어
있었다.

결혼하면 무언가 달라질 줄 알았다. 기나긴 터널이 끝났다
고 생각했지만 아니었다. 여자에게 결혼은 언제든 조직에서
정리될 수 있는 가혹한 낙인이었다. 삶의 무게가 더해질 때마
다 나는 더 깊은 수렁으로 빠져드는 것만 같았다.

신데렐라는 결혼해서 행복했을까

결혼 생활은 시작부터 삐걱댔다. 지난 2년 동안 내가 했던 수많은 노력들이 모두 허사가 되었다. 교육원에서 강의를 하는 동안 나는 교육을 수료한 학생들의 취업을 알선하는 일도 병행했었다. 의무는 아니었지만 내가 가르친 학생들의 미래가 달린 일이었고 그들의 목표가 취업이었으니 어떻게든 도와주고 싶었다. 하지만 일일이 업체를 방문하고 자료를 수집할 시간이 없었던 나는 산업인력관리공단에 나의 이력으로 구직 등록을 해놓았고 내게 들어오는 러브콜이 있을 때마다 학생들을 연결해주는 방식으로 취업에 도움을 주었다. 그렇게 만들어진 결과가 생각보다 좋았기 때문에 힘들었지만 내가 만들어온 이력이 꽤 괜찮다고 생각했다. 이러한 이력이 쌓여서 나를 더 가치 있는 사람으로 만들어줄 것이라 믿었다. 하지만 내 이력에서 '미혼'이 '기혼'으로 바뀐 순간부터 한국 사회에서 기능인으로서의 존재 가치는 추락했다. 능력을 떠나 기혼 여성은 서류 전형에서부터 불이익을 받았다.

'지난 경력 따위는 아무 소용없어. 넌 결혼했잖아.' 회사는 내게 이렇게 말하는 것 같았다. 당시 남편도 설계직으로 자리를 옮기면서 이전 경력을 인정받지 못한 신입 사원이었다. 그가 받았던 임금은 내가 시간강사로 일할 때 받던 급여의 60퍼센트 수준이었기에 당장 둘이 생활하는 데 필요한 경비도 빠듯했다. 결혼하면 친정과도 끝일 거라 생각했지만 친정보다 먼저 챙겨야 할 시댁이 생겼다는 것을 결혼 후에야 알았다.

어릴 적부터 외가와 교류가 없었다. 정말 어리석은 생각이지만 그 때문에 결혼하면 친정 식구들을 볼 수 없을 거라 생각했다. 죽어도 시댁 귀신이 되어야 한다는 말도 친정을 갈 수 없어서 그런 거라 생각했다. 그런 생각의 배경엔 우리 엄마가 있었다. 엄마가 어렸을 적 외할머니가 엄마를 두고 재혼하셔서 엄마는 원불교 재단에서 고아로 자랐다. 외할머니를 다시 만난 건 내가 고등학생 무렵이었는데, 외삼촌은 외할머니가 재가한 후에 태어난 분이었기에 엄마와는 아버지가 다른 남동생이었다. 더 기구한 것은 당시 엄마보다 어린 두 딸을 데리고 시집을 가셨던 외할머니도 그곳에서 가정 폭력에 시달렸단다. 그 고통을 견디지 못한 이모들이 가출을 하면서 이모들의 소식마저 끊어졌다.

엄마가 억척스러운 쌈닭이 된 것도 이해가 됐다. 사랑을 받아본 적이 없어서 사랑을 주는 방법을 몰랐던 것이다. 하지만 엄마를 이해하기까지 너무나 오랜 세월이 걸렸다. 시어머니의 가르침이 없었다면 어쩌면 아직도 엄마를 원망하고 있었을지도 모른다.

내가 결혼을 선택하면서 잠시 잊은 게 있었다. 결혼 생활이라는 게 결코 행복할 수만은 없다는 것을 나는 익히 알고 있었다. 하지만 잠시 사랑이라는 달콤함에 취해 있었다. 동화의 마지막 장면은 언제나 결혼해서 행복하게 잘 살았다는 이야기로 끝난다. 이야기의 끝이 실은 현실의 시작인데 말이다. 신데렐라는 왕자님과 행복하게 잘 살았을까? 행복한 삶은 늘 상상 속에서나 존재했다. 적어도 나의 현실엔 없었다. 어쩌면 인어공주처럼 거품이 되어 사라졌던 슬픈 엔딩이 차라리 더 행복했을 수도 있겠다 싶었다. 적어도 그들은 서로의 추한 모습은 보지 못할 테니…….

시한부 직으로 살아내기 ①

울산에서 구한 첫 번째 직장을 결국 내려놓았다. 남편만은 나를 이해해주었다. 여자라는 이유로 무시당해도 되는 사람 아니라고 오히려 더 역정을 내준 남편이 고마웠다. 다행히 남편 회사에서 신입 여사원에게 CAD 프로그램을 교육해줄 것을 요청받았다. 단기간이긴 했지만 남편과 함께 출근하게 되면서 아픔도 차츰 흐려졌다. 얼마 지나지 않아 계약직이긴 했지만 H중공업으로 파견을 갔다. 이번에도 강의 경력은 인정받지 못했고 급여 수준도 만족할 만한 수준은 아니었지만 시간이 지나면 차츰 나아질 거라는 기대를 가지고 도전했다.

내가 속한 부서는 바다 한가운데에 해양플랜트를 설치하는 일을 했다. 해본 적 없는 분야였지만, 쉽게 접할 수 없는 일인 만큼 욕심이 났다. 내 업무는 바다 한가운데에 커다란 구조물을 설치하기 위한 도면을 작업 순서에 맞게 표현해주는 일이었다. 작업에 필요한 방법, 보강재 설치, 또는 그 작업에 소요되는 자재 정보들을 뽑아주고 실제 탑재 시 간섭 여부 등을 도면으로 확인하고 수정하는, 세심함이 요구되는 작업이었다.

그 일은 지금까지 해온 일과는 스케일이 달랐다. 벽돌을 하나씩 쌓아가는 공정이 아니라 구조물을 바다 한가운데에서 통째로 들어 올려 탑재하는 일이었다. 그렇게 세워진 건물들은 깊은 바다 속 유정과 연결되어 기름을 뽑아 올리거나 뽑아 올린 원유를 정제하는 시설과 작업자들이 거주하는 주거 공간으로 사용되었다. 각각의 플랫폼들을 브리지로 연결하고 육지에 있는 저장 탱크까지 파이프라인을 연결하고 나면 바다 위에 떠 있는 하나의 정유 공장이 만들어지는 것이다. 어마어마한 일이었다.

사실 그때는 해양플랜트에 대한 기초적인 지식도 없었다. 그저 정규직 사원들이 손으로 대충 스케치를 해주고 그려달라는 대로 규격 치수 찾아보면서 일정에 맞춰가며 도면을 그려내기에 바빴다. 그럴 수밖에 없었던 것이 협력사 소속이라는 이유로 제대로 된 교육을 받아본 적도 없었다. 또한 공식적인 회의나 사내 교육 프로그램에도 참여가 배제되었다. 그저 시간당 책정되어 있는 임금으로 주어진 도면만 찍어내기 바쁜 일개미 같은 일상만 반복했다.

강사 출신이라는 이유로 난도가 높은 일은 내게로 몰렸고 나는 어떻게든 문제들을 해결해야 했다. 시간이 지나면서 직영 소속의 직원들에게 인기가 높아졌지만 일은 끊임없이 밀려들었다. 하지만 강의 경력도 인정받지 못하고 왔는데 왜 내가 그런 문제까지 해결해야 하는지 이상했다. 알고 보니 경력이 인정되어 급여가 더 나왔지만 소속사 사장이 중간에서 갈취를 해온 것이었다. 일은 내가 하고 자기는 앉아서 돈만 버는 아주 엽기적인 노동 착취 구조였다. 게다가 사용하던 프로그램 중 정식으로 라이선스를 받은 제품은 하나도 없어 단속이 뜬다는 날엔 컴퓨터 본체를 뜯어다 창고에 옮겨 놓고 퇴근을 해야 했다. 당시 계약 조건은 시급으로 계산되었기에 일을 못 하면 그만큼 수입이 줄어드는 구조라 모든 피해는 계약직으로 종사하는 직원에게만 가중되었다.

명절이나 휴가 시즌이 되면 H중공업 직영 소속에 있던 사람들은 떡값에 휴가비를 더 챙겨갔지만 협력사 소속으로 있던 우리는 휴가 기간만큼 수입이 줄어 오히려 더 궁핍한 생활을 했다. 게다가 정규직과 비정규직은 작업복만으로도 쉽게 구분되었고 비정규직을 하대하는 경우도 비일비재했다. 비정규직의 삶이 얼마나 가혹한 것인지 겪어보지 못한 사람은 아마 상상도 못 할 것이다.

시한부 직으로 살아내기 ②

IMF의 여파로 비정규식이 크게 증가하면서 정규직 취업은 사실상 불가능한 상태였다. 우리 사회에 폭발적으로 늘어난 비정규직 중에 내가 있었고, 남편이 있었다. IMF 이후로도 고용시장은 여전히 불안했다.

소속사는 울산 남구에 있었지만 그곳은 이력서 내러 갈 때 딱 한 번 가봤을 뿐 나는 H중공업 해양사업부가 있는 울산 동구 방어진으로 매일 출근했다. 내가 하는 일은 H중공업 설치기술부에서 해상 설치 관련 도면을 그리는 일이었고 매일 얼굴 보고 같이 일하고 같이 밥 먹는 동료들은 대부분 H중공업 정규직 사람들이었다. 당시에는 정규직을 '직영'이라 불렀고 비정규직을 '외주 노동자' 또는 '협력사 직원'으로 불렀다. 작업복의 디자인과 색상도 달랐기 때문에 같은 공간에서 같은 일을 같이 해결해나가야 하는 동료임에도 우리 사이에는 위화감이 감돌았다.

가장 큰 차이는 당연히 임금이었고, 각종 복지 혜택부터 고용 안정성까지 하나하나 나열하기에도 벅찰 정도로 차이는 엄청났다. 먼저 협력사를 거쳐 들어오는 임금은 사업주가 정한 사규에 의해 25~50퍼센트의 수수료를 떼고 나머지만 받을 수 있었고, 그것도 시간당 계약된 금액을 산정해서 주는 방식이라 업무 시간이 줄어드는 명절이나 휴가철은 치명적이었다. 같은 구내식당을 이용할 때도 정규직이 천 원 내고 먹는 밥이 비정규직에게는 3,500원에 제공되었고 출퇴근 시 이용할 수 있는 통근 버스도 정규직만 탈 수 있었다. 비정규직은 시내버스나 자차를 이용해야 했으며, 회사 주변 주차장은 대부분 유료라 자차를 이용할 경우 주차비까지 부담이 되었다. 게다가 내가 다녔던 방어진의 '꽃바위'라는 곳은 일반 시내버스도 자주 가지 않는 외딴 곳이었기 때문에 자차를 이용하지 않으면 출퇴근 자체가 어려운 곳이었다.

잔업을 할 경우 차별은 더욱 심했다. 저녁 식사는 인근 업체에서 배달되는 도시락이나 빵으로 해결했는데 이 경우 따로 주문을 하려면 직영들의 눈치가 보여서 비정규직 사람들은 저녁을 굶는 일이 비일비재했다. 수당이라고 해봐야 기본 시급에다 직급에 따라 겨우 4천 원에서 5천 원 더 얹어주는 정도가 다였다. 그렇다고 잔업을 안 할 수도 없는 게 비정규직의 입장이었다.

직원에게는 엄청나게 가혹했지만 기업의 입장에선 정말 좋은 시스템이었다. 프로젝트가 진행될 때만 단기적으로 사람을 고용해서 쓰다가 공사가 끝나면 계약을 종료하거나 다음 프로젝트로 연결하는 등 인력 유동성에 있어서 최고였다. 그리고 만약에 사고가 발생하더라도 협력사에 떠밀면 그만이었고, 산재 처리를 하게 되면 다음 계약에 문제가 생기는 것을 악용해서 산재보험 처리율도 떨어뜨릴 수 있었다. 학비 지원을 비롯한 각종 복지 혜택의 차별은 두말할 필요도 없었다. 정규직이 꺼리는 위험한 일은 모두 비정규직에게 떠맡기면 되는 아주 유용한 제도였다.

내가 그곳에서 일할 때는 비정규직 수가 정규직보다 적었기 때문에 불평할 곳도 없었다. 직영으로 들어가려면 '줄'이 있어야 했다. 요즘 문제가 되고 있는 '채용 비리'가 그때도 만연했다. 같은 부서에 직영으로 들어온 신입 사원의 경우 설계를 한다는 사람이 CAD 프로그램도 다룰 줄 몰랐다. 알면 알수록 이 나라는 어디까지 잘못된 건지 강자들의 탐욕은 끝이 보이지 않았다. 결코 내 잘못이 아니었다. 아이러니하게도 비정규직인 내가 그에게 CAD 교육까지 시켜가며 일해야 했다.

그러나 정작 업무에 필요한 교육이나 프로젝트 회의는 비정규직에게 철저하게 닫혀 있었다. 보안 문제를 거론했지만 그건 핑계일 뿐 비정규직에겐 교육의 기회조차 주어지지 않던 것이다. 그들은 소통의 부재로 생길 수 있는 문제점들을 간과했다. 정규직과 비정규직이 한 공간에서 일을 못 하도록 제도가 변경되면서 문제는 더욱 심각해졌다. 게다가 한 부서에서 2년 이상 근무한 직원들을 직영으로 채용하도록 법이 바뀌자 계약 기간을 줄여 재계약을 하거나 다른 부서로 이동시키는 등의 편법으로 비정규직을 사실상 그대로 유지하게 했다.

억울해도 먹고살아야 하니까 어쩔 수 없었다. 시키는 일을 군소리 없이 하는 것만이 밥벌이를 유지하는 길이었다. 그렇다 해도 내게 배움은 절실했다. 시키는 대로 하는 것도 한계가 있었고 모르는 일이 생길 때마다 일일이 물어보기도 쉽지 않았다. 비정규직에게 교육 시간이 배제되었던 그 내막을 자세히 들여다보니 시간당 계산하는 임금 때문에 교육이나 회의 시간을 업무일지에 기록할 수 없었던 것이 문제였다. 그래서 나는 담당 팀장님께 교육을 들을 수 있도록 허락을 받기 위해 교육 시간에 해당하는 만큼 근무시간을 늘렸고 그렇게 늘어난 연장 근무시간을 업무일지에는 누락시키면서 잔업 수당을 신청하지 않는 방법으로 교육을 들을 수 있었다. 그런 과정에서 비정규직 동료들로부터 직영에게 잘 보이려고 한다는 오해를 사 따돌림을 받기도 했지만 내겐 중요치 않았다. 어떻게든 살아남기 위해 내가 할 수 있는 노력을 다하는 것 말고 내가 할 수 있는 게 없었으니까.

다행히 정규직에 있던 과장, 차장님 들께 업무만큼은 인정을 받았기에 직영 전환을 제안받기도 했다. 내가 기혼이라는 이유로 사측의 반대에 부딪쳐 무산되고 말았지만 그래도 재계약에는 문제가 없었다.

형부에게 일어났던 불미스런 일이 해결되고 언니는 거제도로 시집을 갔다. 얼마 지나지 않아 언니에게서 임신 소식이 들려 왔다. 그런데 언니가 말해주는 임신 반응들이 어째 지금의 나랑 좀 비슷하다 싶었고, 혹시나 하는 마음에 검사를 했다. 큰 일이었다. 아직은 더 준비를 해야 한다고 생각했는데 병원에 갔더니 벌써 7주나 됐다고 했다. 바보처럼 먹고사는 게 바빠서 내 몸이 변하는 것도 몰랐다.

그때까지 둘이 같이 벌어도 매달 여기저기 빠져나가고 나면 남는 돈이 별로 없었다. 돈이 조금 모였다 싶으면 차가 말썽이고, 여유가 좀 생기나 싶으면 가전제품이 망가지거나 가족들에게 써야 할 일이 생겼다. 게다가 둘이 벌어들이는 수입이 거의 반반이었기에 내가 일을 그만두게 된다면 수입이 반으로 줄어들 테고 아기에게 들어가는 비용 때문에 지출은 더더욱 감당할 수 없을 터였다. 우리는 아직 아기를 맞이할 준비가 되어 있지 않았다.

사실 그렇게 나를 바랐던 남편도 결혼을 하고 함께 살기 시작하면서 팍팍한 현실에서 가장으로 버텨내기 힘들어했다. 언젠가부터 남편은 완전히 다른 사람이 되어 있었다. 매일 밤마다 컴퓨터 게임에 빠져 살았고 잔소리하는 나를 귀찮게 여겼다. 일 때문에 새벽같이 나가서 밤늦게 귀가하다 보니 얼굴을 맞대고 저녁 한 끼 먹을 시간이 없었다. 내가 임신을 했다는 게 믿어지지 않을 정도로 우리 관계도 소원해졌다. 임신 사실을 가장 기뻐해야 할 당사자의 낯빛은 오히려 어두웠다. 나는 남편에게조차 환영받지 못한 아기를 가진 죄인이었다. 너무나 막연했고 어찌할 바를 몰라 펑펑 울었다. 어렵게 시어머니께 말씀을 드렸다.

"괜찮다. 자식은 자기 먹을 복은 타고 나는 법이란다. 걱정할 거 없으니 몸조심해라."

시어머니께서 유일하게 우리 아기를 반겨주셨다. 그러나 친정 엄마는 언니의 임신 소식에 이어 내가 임신했다는 소식에 "결혼은 그렇다 쳐도 애는 바뀌면 안 된다. 참말로 방정이다. 꼭 언니 앞길을 그래 막아야 되나? 어이?"라며 역정을 내셨다. 애써 눈물을 참아보았지만 이날만큼은 마음대로 되지 않아 어두운 부엌에서 한참을 울었다.

가장 귀한 선물

우리가 살고 있던 집은 아기를 맞이하기엔 불편한 곳이었다. 열아홉에 취직한 남편이 군대를 다녀온 후 스물넷 퇴직 전까지 모은 돈이 전부였기에 형편에 맞춰 다세대 주택 1층에서 신혼살림을 시작했다. 하루 종일 해가 들지 않는 북향이어서 대낮에도 형광등을 켜야 했고 그나마 해가 조금 들었던 작은 방에서도 아침에만 잠깐 볕을 볼 수 있었다. 1층이라 습기도 만만치 않았다. 가구 곳곳에 곰팡이가 피었고, 가전제품도 툭 하면 고장 나기 일쑤였다. 이런 환경에서 신생아를 키울 수는 없었다.

마침 시어머니께서 세를 놓고 계신 조그만 아파트가 있었는데 보증금으로 받아둔 돈을 잠시 융통해주셨다. 거기에 약간의 대출을 끼고 25년 된 18평짜리 아파트를 샀다. 온전한 우리 힘만으로 마련한 건 아니지만 그래도 생애 첫 번째 '내 집'이었다. 평생 무허가 건물과 사글세방을 전전하며 살던 내게 '내 집'이란 두 음절은 눈물 나게 특별한 의미였다. 5층짜리 오래된 벽돌 건물은 금방이라도 쓰러질 듯 보였지만 그런 건 상관없었다. 동향이라 겨울에 조금 춥기는 했지만 더는 채광이나 곰팡이 걱정을 할 필요가 없었다.

주위에서는 대출까지 껴가면서 낡은 집을 왜 사냐며 걱정했지만 당시 우리에게 그 집은 최선이었다. 욕실에 누수가 있어 욕실 수리비로 50만 원을 깎아주신다고 했지만 막상 수리를 하려고 보니 욕조를 모두 들어내야 했고 그렇게 하려면 다시 욕조를 넣지 않고도 방수 비용까지 190만 원이나 되는 돈이 필요했다. 도배, 장판에 욕실만 고쳐서 들어가려고 했지만 전등도 안 들어오는 곳이 많았고 싱크대도 여기저기 내려앉은 상태라 결국 모두 교체했다. 게다가 등록세와 취득세도 만만치 않았다. 다행히 대출을 끼는 바람에 은행 직원 분이 업무를 도와주셨고 모자란 세금과 수리비는 대출 금액을 조금 상향 조정해서 충당했다. 그렇게 새 단장을 마치고 2002년 5월에 생애 첫 번째 내 집으로 이사했다.

임신 5개월에 접어들면서부터 제법 배가 불러왔고 병원에 다니는 날마다 부담이 늘어갔다. 당시에는 산부인과 검사 중 의료보험 혜택을 받을 수 있는 것들이 많지 않았다. 출산을 장려한다고 했지만 실질적인 혜택은 아무것도 없었다. 더군다나 이번엔 기형아 검사를 해야 한다고 했다. 나는 그 시점부터 추가 검사를 받지 않았다. 비용도 비용이지만 만에 하나 좋지 못한 결과가 나온다 하더라도 그 사실을 미리 안다고 해서 좋을 것도 없었다. 걱정이라면 계속되는 잔업에 식사를 제때 못 한 것이 맘에 걸렸다. 집수리에 이사까지 큰일을 치르는 사이 몸이 많이 힘들었는지 간혹 복통이 찾아왔다. 한일 월드컵을 치르며 히딩크호가 반세기만에 16강 본선 진출을 확정하면서부터 월드컵의 열기로 온 나라가 열광의 도가니에 빠졌던 그때였다. 평소엔 축구에 큰 관심이 없었던 사람들도 퇴근 후엔 태극 전사들의 이름을 연호하며 커다란 스크린이 있는 광장으로 모여들었다. 역사상 전례 없는 전설의 4강 신화를 만들어냈던 뜨거운 유월에는 다행히 잔업도 많이 없었고 우리 아기도 힘차게 발길질을 하며 무럭무럭 자라주었다.

그러나 본격적인 무더위가 시작되는 7월에 접어들자 한동안 느슨해졌던 스케줄도 다시 빡빡하게 돌아가기 시작했다. 종일 부른 배를 끌어안고 모니터 앞에 앉으면 화장실 갈 때 말고는 자리에서 일어날 시간이 없었다. 퇴근 무렵이면 두 다리는 퉁퉁 부어올랐고 다크서클은 턱까지 내려왔다.

결국 일이 터지고 말았다. 오후부터 배가 당기는 느낌이 있었는데 퇴근 후에도 계속되어 혹시나 싶어 가까운 병원을 찾았다. 아니나 다를까 조산 위험이 있으니 당장 입원을 하라고 했다. 하지만 그때까지 보험 하나도 들어놓지 않아서 집으로 돌아와야만 했다. 남편은 당장 회사를 그만두라고 난리였지만 집을 옮기면서 발생한 대출금을 생각하면 한 푼이 아쉬웠다.

우선 자궁 수축을 막아주는 약을 먹으면서 며칠을 쉬어보기로 했지만 무엇보다 스트레스를 받지 말아야 한다는 의사 선생님의 말씀에 결국 사직서를 썼다. 시급으로 계산되던 비정규직이라 월차도 없었고 출산 휴가도 없었다. 비록 출산 때문이라 해도 자발적 퇴사로 받아들여져 실업 급여도 받을 수 없었다. 그땐 소속사가 있었어도 퇴직 급여가 의무화되기 전이라 당연히 퇴직금도 없었다. 내가 하고 있던 일을 다른 비정규직 사원에게 인수인계를 하고 일한 날까지 시급으로 계산된 월급으로 끝이었다. 비정규직의 서러움을 다시 한 번 느끼게 한 경험이었다. 이런 상황에서 출산 장려라니 아이러니도 이런 아이러니가 없다. 이제 나는 엄마로 다시 태어나야 했다. 내겐 지켜야 할 아이가 있었다. 속상해만 할 여유도 없었다.

은행에서 '마이너스 대출'을 받았다. 담보 대출은 한 번 받으면 받은 날부터 무조건 이자가 나가지만 마이너스 대출은 쓴 날짜만큼만 이자가 나가기 때문에 급할 때 쓰고 여유 있을 때 갚아 넣으면 되는 꽤 유용한 서비스였다. 신용 대출이라 이자가 다소 높긴 했지만 그 소식을 들었을 땐 눈물이 날 뻔했다. 출산 준비물과 병원비 걱정도 한시름 놓았고 조금은 가벼워진 마음으로 사랑스런 아기를 만날 일만 남았다.

예정보다 보름이나 이른 9월 27일 새벽 2시, 한밤중에 뭔가 왈칵 쏟아지는 느낌이 들었다. 급하게 육아 서적을 찾아보고서야 양수가 터졌다는 걸 알았다. 그 길로 출산 준비물을 챙겨서 병원으로 갔고 12시간의 진통 끝에 세상에서 가장 귀한 선물이 내 품에 들어왔다. 오후 3시 14분에 은우는 그렇게 태어났다. 내 나이 스물일곱에 엄마 한 살, 이제부터 성장하는 일만 남았다.

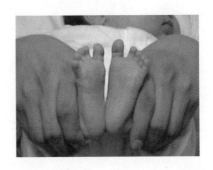

4.

여자는 무엇으로 사는가

엄마 한 살

은우가 태어났다.

3일 만에 집으로 돌아왔다. 둘밖에 없었던 집에 새 식구가 들어오는 느낌은 정말 특별했다. 아기 침대를 마련하지 못해 거실에 두툼한 이불을 깔아 눕혔다. 좁은 침대 위에 같이 누웠다간 그 조그만 아기가 어떻게 될까 겁이 났다. 대부분의 산모들이 산후조리원으로 갔지만 내게 그런 곳은 사치였다. 다행히 형님이 삼칠일이 될 때까지 매일 오셔서 산바라지를 해주셨다. 당시 여덟 살, 일곱 살이었던 조카들을 학교로, 유치원으로 보낸 뒤 20여 분의 거리를 걸어오셔서 밥도 차려주시고 아기 목욕도 시켜주셨다. 가까이에 의지할 식구가 있다는 것이 얼마나 감사한 일이었는지 당시만 해도 어렸던 나는 미처 알지 못했다.

오뉴월 하루 빛이 다르다더니 은우는 하루가 다르게 자랐다. 예상대로 수입은 반으로 줄었지만 지출은 늘어만 갔다. 아기를 돌보면서 틈틈이 할 수 있는 일을 찾아봤지만 그런 일은 없었다. 은우가 태어난 지 6개월에 접어들었을 즈음 한 통의 전화가 걸려왔다. 출산하기 전까지 일하던 사무실에서 걸려 온 전화였다. 다음 달부터 새로 시작되는 프로젝트가 있는데 다시 일해볼 생각 없느냐는 전화였다. 기다리던 소식이었지 만 그렇다고 덥석 하겠다고 할 수도 없었다. 당시에는 친정 부 모님도 시어머니도 일을 하고 계셨기에 아기를 맡아줄 사람이 없었다. 나 또한 내 아이를 온전히 책임지고 싶었지만 이대로 는 답이 없었다. 남편도 가계를 혼자 감당하기 힘들어했고 은 근히 다시 일을 해주기를 바랐다. 이번 기회를 놓치면 다시는 기회가 없을 것 같았다.

급히 아기를 돌봐주는 기관을 찾아보았다. 당시엔 요즘처 럼 아기 돌봄 서비스도 없었다. 구인 광고를 통해 개인이 돌봐 주는 곳을 찾았지만 1인 돌봄 서비스는 생각보다 너무 부담되 는 가격이었다. 그러던 중 아파트 인근에 있는 어린이집을 찾 았고 다행히 원장 선생님께서 영아반을 개설해주시기로 했다. 월 이용료는 2003년 당시 기준으로도 26만 원! 그 역시 부담 스러운 가격이긴 했지만 1인 돌봄에 비하면 거의 1/3 수준이 라 그마저도 감사했다. 당시 제안받은 급여 수준도 제법 올라 몇 개월만 고생하면 마이너스를 청산하고 저축도 가능할 거라 기대했다.

그렇게 나는 다시 출근했다. 지인에게 유축기를 빌려 모유 를 짜내고 냉동실에 얼려두었다가 다음 날 어린이집에 보낼 때 소독한 젖병과 모자란 모유를 대신할 분유와 함께 맡겼다.

유축기로 모유를 짜내는 일은 엄청난 고통이 수반되었다. 설명서가 없어 정확한 사용 방법을 몰랐던 게 화근이었다. 수동 유축기라 펌프질을 하는 손목도 아팠지만 무엇보다 공기압을 넣었다가 빼기를 반복해야 하는 걸 모르고 압이 빠져나올 만큼 다 나온 다음에도 고통을 참아가며 계속 펌프질을 해댄 탓에 모유가 더는 나오지 않고 고통만 커졌다. 갈수록 모유의 양이 줄어들어 분유의 양을 늘릴 수밖에 없었다. 어차피 이유식을 시작했기에 모유를 일찍 떼도 괜찮다는 원장님의 말씀에 7개월을 못 채우고 모유를 뗐다.

매일 어린이집에서 아이를 데리고 집에 오면 아기 이유식부터 넉넉하게 만들어 다음 날 먹을 것까지 준비했다. 낮에 사용했던 젖병을 씻어 뜨거운 물에 소독하고 아기 목욕을 시키고 재운 뒤엔 그날 벗은 옷가지를 삶아 빨았다. 내가 데리고 있을 때 썼던 천 기저귀는 더는 쓸 수가 없어 종이 기저귀로 바꾸면서 냄새나는 기저귀 쓰레기를 치우는 일도 만만치 않았다. 물론 천 기저귀를 삶아 빠는 일에 비하면 훨씬 수월해졌지만 아기 엉덩이는 기저귀 발진으로 벌겋게 물들었고 종이 기저귀의 가격도 만만치 않았다. 육아와 일을 병행하면서 나는 점점 지쳐갔다.

아침 8시까지 출근을 하려면 적어도 어린이집에 7시 30분까지는 맡겨야 했는데 간혹 당직 선생님들의 지각이 속출했고 그럴 때마다 나도 덩달아 지각하는 사태가 벌어졌다. 밖에서 기다리는 동안 찬바람을 맞은 아이가 감기에 걸리면서 퇴근하고 돌아오자마자 아기를 안고 병원부터 뛰어갔다. 모유가 끊어진 후부터는 면역이 떨어졌는지 매일 감기를 달고 살았고 나을 만하면 새로운 감기에 걸리기를 반복했다. 그렇게 정신없는 나날을 보내던 어느 날 남편이 브레이크를 걸었다.

"안 되겠다. 우리 이러다 애 잡겠다. 돈보다는 애 건강을 생각해야지."

백 번이고 천 번이고 그 말이 맞다. 하지만 대안이 보이지 않았다. 하늘에서 돈이 뚝 떨어지는 것도 아니고 남편의 벌이가 좋아질 리도 없었다. 이제 와 일을 그만두겠다고 하면 나를 추천한 분의 입장도 난처해지는 상황이었다. 지난 2개월 동안 열심히 스터디를 했고 이제 본격적으로 일이 시작되려던 참이었다. 이대로는 그만두고 싶어도 자의로 그만둘 수 있는 상황이 아니었다.

하지만 그날부터 남편은 내게 완전히 등을 돌렸고 나는 오로지 혼자 일하면서 독박 육아를 해야만 했다. 아무리 불평을 하고 잔소리를 해도 "나는 분명히 말했다. 일 그만두라고. 애가 아픈데도 계속 출근하겠다고 한 건 너고, 네가 한다고 했으니까 네가 알아서 해야지"라고 말했다. 너무나 냉정한 한마디였다. 지금까지 내가 알던 그가 아니었다.

같은 업종에 있어서 누구보다 내 일의 성격을 잘 알고 있는 남편이 내 사정은 전혀 고려하지 않고 모든 책임을 내게만 전가하니 그렇게 미울 수 없었다. 어리석게도 결혼이란 잘못된 선택을 한 내가 가장 원망스러웠다. 아이 대신 내가 아파줄 수도 없었고 해열제를 먹고 잠든 아이를 부둥켜안고 매일 밤마다 울었다. 몸도 마음도 힘들어 죽을 것 같았지만 나는 엄마였다. 아플 수도 포기할 수도 없는 엄마였다.

겨우겨우 한 달이라는 시간을 더 버텼다. 그러나 아이는 계속 콧물을 흘리고 있었다. 이젠 소아과 선생님도 간호사 이모들도 은우를 반겨주실 지경이었다.

"은우 어머니 이제 도저히 답이 없네요. 아직 아기지만 항생제를 써야겠어요. 이제 중이염까지 와버려서 어쩔 수 없습니다."

지난 3개월 동안 벌어들인 수입을 고스란히 우리 아기의 건강과 맞바꾼 셈이었다. 도대체 내가 아이에게 무슨 짓을 한 건가. 주마등처럼 스치는 지난 3개월 내내 나는 아기를 안고 병원으로 출근 도장을 찍다시피 했고 은우의 얼굴은 항상 눈물과 콧물로 얼룩져 있었다. 그동안 마이너스는 좀 메워 넣을 수 있었다 해도 자세히 보면 지출은 오히려 더 늘어난 셈이었다. 천 기저귀 대신 종이 기저귀를, 모유 대신 분유를, 엄마의 사랑 대신 병원비와 약값으로 더 많은 돈을 써가며 약을 먹여왔던 것이다.

더는 못할 짓이었다. 과장님께 내가 한 번 찍히고 말 걸 그랬다. 눈 딱 감고 다시는 이 바닥에서 일을 못하게 되더라도 나는 엄마니까 아이를 먼저 생각했어야 했다. 엄마 품에서 떨어져 지내는 동안 그렇게 아파했을 말 못하는 아기 생각은 전혀 하지 못했다. 하루 종일 싱글벙글 누나, 형 들이랑 잘 놀았다는 원장 선생님 말만 믿고 어리석게도 진짜 은우의 마음을 보지 못한 나였다. 마음이 급했다. 집으로 돌아와 담당 과장님께 전화부터 드렸다.

"과장님, 아무래도 더는 못하겠어요. 정말 죄송하지만 후임을 구하셔야 할 것 같아요."

다음 날 출근해서 그동안의 고충과 그런 결정을 할 수밖에 없는 사정을 자세히 말씀드렸고 다행히 과장님도 어린 자녀들이 있어 내 마음을 이해해주셨다.

위쪽 기록지

날짜	유아 관찰 내용
4월1일 월 일	8:10 음악 선생님 듣기 9:00 모두와 00ml 연계로 · 토악질 → 울리니까 껌 10:00 낮잠 10:30 운유하고 빵먹여 · 이유식 (쥬스+영양제 : 2숟갈)쨰가 11:00~1:30 잠자기
월 일	1:00 낮먹기 1:30 쥬스20ml + 영양제도 약간 먹음 2:00 운유 60ml (모유보다 · 잘먹음 ×) 2:00 이유식 (쥬스 30ml + 이유식, 1SP + 영양제약간)를 모두 다 먹였어요.
월 일	3:00 운유 60ml 3:30 잠자기 4:00 깨어서 놀이터 4:30 분유주고 놀기. 건강해요.
월 일	
학부모 통신란	우리 은유 전담했던 경구가 되셔서 정말 반가워요. 첫날인데도 경구로 잔자고 잔자고 너무너도 착한 아기이네요. 여러 아기들 옆에 놓고 자꾸에 4가시니 걱정이 참 많으시죠. 하지만 우리 씩씩한 은유가 엄마 걱정하라고 도 않고 이쁘게 이렇게 잘 지내주네요. '은유가 "엄마안녀세요, 아빠" 라고 말하는 것 같다요.

날짜	언어 전달 내용	확인
1주 월 일	담임선생님께 첫날이라 좀 거내리는 은유가 대견하기도하고 고맙기도 해요. 선생님께도 참 감사해요. 앞으론 오후에~이 활동해서 80cc 씩에 먹더니다. 배운먹는 이유식을 부어야 더썼으면 좋겠어요.	
2주 월 일	분유 1400cc를 모두 먹여요. 다행인지 90cc를 먹었음에 여유시 2회이거든요. 거기에 가져다 준 것 대로먹여서 써게 담아서 보내세요. 2번째 이유식은 감자랑씩 써서 담아서 보내요. 잘 먹어야 할텐데요.	
3주 월 일	그러고 우유 수유량이 1일 200cc가 넘어서었네요. 은유 7개가 네일써 걱정은 하루~이 괜찮아요. 400cc 이유 먹였더니다 빵먹어요. (책세요) 6개월쯤 활씬 많이~ 먹어지서라 컸어 좀 둔해져야할것같습니다.	400cc
4주 월 일	2번쯤 운유는 깨 배뇨한거. 무척 잘어깨앉나요. 이유식 묵고 배 비트고 좋아해요. 그러고 Q뷰 등게~ 일어 아침에 자꾸 거꾸료 쉬포싸고 있나요.	은유 엄
5주 월 일	

아래쪽 기록지

날짜	유아 관찰 내용
4월7일 (월)	예방접종을 해써인지 먹지도 않고 울어 내자오도 현재 은유가 몸이 쉬어 있고 가슴에~ 그림 기저귀 신어도 드렸어요 2:00 겨우 10분쯤 잠자다 듣기
월 일	2:30 잠자기 5:00 200ml 다 먹었음 어머니 목용케이스는 2층 것도 비내주세요 먹으면 가방에 넣어 주면도 알겠음요 그래서 먹여보려고 낙미 쓰고 우려음써 넣어 두게읍니다.
4월8일 (화)	9:00 잠자기 (우유+영양제) 11:00 우유 약간 먹고 다시 자요. (30ml) 11:30 80ml 다 먹고 놀아요. 운유먹고 무척 잘놀기
월 일	1:00 보행기 타고 뒤로 가요. 3:00~4:30 잠자기. 우유 (0ml 먹음 기저귀 봐요. 5:00 (이유식 2숟갈+통) 먹어 없어 먹지 않아요
학부모 통신란	어머니 은유가 읽을 수 없는 책을 좀 넣어 주세요. 선생님께 은유 네이버스 너도~이 빠빠 어쩌구 간 대해다 하고 참 좋아보여주네요.~이되네다

날짜	언어 전달 내용	확인
1주 4.월 9일 (수)	4월 달부터 담아 안녕고 계속 경사에서 걸아들이 노는 것도 지켜 봤거든이다. 운유 (은유) 튼튼해 놀이 ~ 우요. 걸아들이 노는 모습을 유심이 보네요.	
2주 월 일	2번째 걸아서 으무는 문게번에서 좋아! 10:00 80ml 우유 먹음. 잠자기. 4:30 20ml 통라쳐서 울기 ~ 좋이 등, 등 등. 읽는 책 별거	
3주 월 일	2:00 이유식 (영양제 + 쥬스20ml + 약식) 먹기 2:30 잠자기 4:00 일어났어요. 문제도 있고 두가씩 거니가기. 4:40 이유식, (20ml 쥬스 + 영양제 + 이유식) 6:30 100ml 먹었어요.	
4주 월 일		
5주 월 일	※ 영양제케스 든 케이스에 이유식도 같게 넣어 써어 두겠어요.	

두 번째 선물

신기하게도 내가 일을 그만두면서부터 은우의 건강은 거짓말처럼 회복되었다. 더는 병원에 가지 않아도 되었고 다시 평온한 일상으로 돌아왔다. 우여곡절이 있었지만 무사히 돌잔치도 치렀다. 하지만 아이의 미래를 위해 이대로 안주할 수 없었다. 우리에겐 좀 더 안정적인 직장이 필요했고 마침 남편의 직장 동료로부터 거제도에 있는 조선소에 대한 소식을 들었다. 그곳은 협력사 소속이라도 시급이 아닌 월급으로 계약이 되었기에 좀 더 안정적인 수입을 보장받을 수 있었다. 게다가 기숙사도 있어서 마음만 먹으면 언제든 이직이 가능하다고 했다. 우리는 고민하지 않고 결정했다. 겨울이라 당장 이사를 할 수 없어 남편만 먼저 거제도로 내려갔다. 한겨울을 은우와 단둘이 지내야 했지만 그 조그만 아기가 뭐라고 세상이 무섭지 않았다. 오롯이 나 혼자 아이를 지켜야 한다는 생각보다 아이가 오히려 나의 뒷배라도 된 것처럼 든든했다.

남편은 새로운 환경에 빠르게 적응했고 이듬해 이른 봄 우리는 이사를 할 수 있었다. 살던 집에 전세를 놓고 그 돈으로 거제에 전세를 구했다. 남편이 다니는 회사와 비교적 가까운 거리에 있는 단독주택이었다. 남편의 벌이는 울산에서보단 안정적이었지만 부족하긴 마찬가지였다. 무엇보다도 울산보다 거제의 물가가 훨씬 비쌌기 때문이다.

이가 없으면 잇몸으로 산다고 다른 엄마들이 아이를 데리고 문화센터에 다닐 시간에 나는 은우를 데리고 집 근처에 있는 거제문화예술회관으로 갔다. 무료 미술 전시회를 찾기도 했고 이따금씩 공연이 있는 날엔 정식 공연 시간이 아닌 리허설 시간에 맞춰 갔다. 그 시간은 입장권이 필요하지 않았고 아이를 데리고 가도 문제가 없었다. 하루는 군악대 공연이 있는 날이었다. 군인 아저씨들이 총을 들고 구령에 맞춰 군무를 선보이는 동안 은우는 두 눈을 동그랗게 뜨고 '충성!' 하며 구령을 따라 하기도 했다. 원래 입장이 안 되는 시간이라 관계자의 눈에 띨까 멀리서 조바심 내며 보고 있었지만 아이가 좋아하니 관계자를 만나도 '어두우니 조심하라는 것' 외엔 크게 제재를 받지 않았다. 그렇게 하루하루 행복한 보금자리가 만들어지고 있었다.

한편, 남편은 조선·해양 산업에서 빠질 수 없는 공정인 블록 핸들링에 관한 전반적인 도면 작업을 하면서 현장과 사무실을 오가며 자신의 자리를 굳히고 있었다. 남편 특유의 친화력으로 현장 반장님들과 담당 과장님들께 인정을 받으며 성장하는 중이었다. 급여도 소폭이긴 했지만 오르고 있었고 종사하고 있던 조선·해양 업종 자체가 호황이라 미래에 대한 기대도 높아졌다.

그사이 우리에게 기쁜 소식이 생겼다. 은우에게 동생이 생긴 것이다. 내 생애 두 번째 선물! 아직도 갈 길이 먼 상황이라 마냥 기뻐할 수만은 없었지만 계획하지 않아도 시기적절하게 주신 복덩이라 생각했다. 배가 점점 불러오면서 은우와 실랑이를 벌이기도 했지만 마음 편하게 둘째를 맞이할 준비를 했다. 하지만 경제적으로 여유가 없었던 만큼 병원 가는 횟수는 은우 때보다 더 줄였다. 그래서였는지 둘째 역시 은우처럼 조산의 위험이 오기도 했지만 예정일보다 보름 더 이른 2005년 새해 첫날 아침에 무사히 우리 곁으로 와주었다. 딸을 바랐지만 딸처럼 예쁜 아들이었다. 이번엔 시어머니께서 오셔서 은우도 함께 돌봐주시며 산바라지를 해주셨고 어머니의 지극한 정성으로 빠르게 회복했다.

위험한 동거

준우의 돌이 다가왔지만 이번엔 돌잔치는 엄두도 내지 못했다. 그 무렵 엄마는 발 마사지 가게를 닫고 또다시 다단계 사업을 하다 사기를 당했다. 사업주가 구속되긴 했지만 살고 있던 집의 보증금마저 날릴 상황이었다. 이대로라면 길거리로 나앉을 판이었다. 결국 남편과 상의 끝에 우리 집으로 모시기로 했다. 홀로 계신 시어머니께 너무 죄송했지만 나보다 더 어려운 언니보다 조금이라도 형편이 나은 내가 맡아야 했다.

내가 일을 하려면 아이들을 돌봐줄 사람도 필요했으니 엄마가 아이들을 돌봐주는 명목으로 월급을 드리기로 하고 살림을 합쳤다. 우리는 방 세 개가 딸린 20평짜리 아파트 1층에 전셋집을 얻었고 준우의 첫돌이 지난 2006년 2월 마지막 주에 이사를 했다. 다음 날 아침, 부모님의 이삿짐이 들어오고 있었다. 남편은 출근하고 없었고 부모님은 아직 도착하지 않았다.

그런데 준우의 온몸이 펄펄 끓었다. 2월이라 아직 많이 차가운 날이었지만 마음이 급해진 나는 아이의 겉옷을 벗기고 등에 업은 채 짐을 날랐다. 대충 큰 가구 배치만 잡아놓고 소아과로 뛰어갔다. 열감기 진단을 받고 해열제를 처방받아 먹였다. 부모님이 도착했을 때 겨우 열이 잡히나 싶었지만 밤이 되자 다시 열이 올랐고 부득이 응급실을 찾았다. 열이 40도까지 치솟았고 간호사 선생님이 욕조에 물을 받아 아이를 퐁당 담갔다. 미지근한 물이었지만 아이는 자지러지게 울며불며 매달렸고 목이 부어올라 쉰 소리가 났다. 방사선 검사 결과 폐렴이라고 했다.

하지만 입원 후 3일이 지나도록 열이 내리지 않았고 삼일절이었던 그날도 의사 선생님께서 회진을 오셨다. 혹시나 하는 마음에 선생님께 여쭸더니 그때서야 큰 병원을 가보라고 하는 게 아닌가. 그러나 병원비가 부담이었다. 준우가 태어나면서 유독 병치레가 잦다 보니 미처 보험 하나 들어놓지 못한 것이다. 고열에 시달리면서 혈관이 숨어버려 더 이상 바늘을 찌를 곳도 없었다. 열을 떨어뜨리기 위해 양쪽 겨드랑이엔 얼음주머니를 끼웠고 피검사 결과 빈혈이라 철분제를 처방받았다. 그때까지도 모유 수유를 했지만 오히려 엄마에게 부족한 철분이 아이에게 그대로 영향을 주었던 것이다. 하지만 철분제만 먹고 나면 자지러지는 상태로 보아 아이가 배가 아프다는 걸 느낄 수 있었다. 이번엔 복통을 다스리기 위해 배에 온수주머니를 올렸다. 겨드랑이에 얼음주머니를 넣어둔 그대로였다. 한마디로 준우는 만신창이가 되었다.

이사하느라 수중에 돈이 없었지만 현금 서비스를 받아 구급차를 불렀다. 나홀로 준우를 데리고 구급차에 올랐다. 고속도로를 두 시간 넘게 달린 차가 병원으로 들어섰지만 응급실에서만 꼬박 24시간을 더 보냈다. 아이도 나도 지쳐갔다. 검사 도중 아이 손에 꽂혀 있던 바늘이 간호사의 실수로 빠져버렸다. 어쩔 수 없이 또 아이를 잡았다. 검사 결과 폐에 물이 많이 찼고 폐에 호스를 꽂아 물이 다 빠질 때까지 입원을 해야 한다고 했다. 은우나 준우 모두 폐렴, 장염을 달고 살기는 했지만 이렇게까지 심각했던 적은 없었다.

친정 부모님과 함께 살기 시작한 날 아침부터 갑자기 찾아온 아이의 병은 내가 감당하기엔 너무나 크고 불길한 재앙처럼 느껴졌다. 그렇게 다시 시작된 병원 생활은 꼬박 한 달을 넘겨 꽃피는 4월까지 이어졌다. 이제 막 걸음마를 시작하려던 참이었는데 가슴에 연결된 호스 때문에 온종일 누워 있거나 침대에 앉아 지내야만 했다. 갑작스레 나와 떨어져 지내게 되어서였을까. 외할머니 손에서 잘 지내던 은우도 비염이 심해지면서 아이 둘 모두 대학병원 신세를 질 수밖에 없었다. 부모님과의 동거는 전쟁처럼 시작되었다. 잘못된 선택이었다는 걸 좀 더 빨리 알아차렸어야 했다.

경력 단절은 넘어섰지만

이력서를 정리하고 자기소개서를 작성하고, 구인 정보를 찾아 여기저기 서류를 접수했다. 한 달 정도 시간이 흘렀을 즈음 전화가 오기 시작했고 다행히 면접을 보자고 하는 곳도 있었다. 이번엔 'S중공업'에 파견을 가는 일이었다. 면접을 보자는 업체만 달랐을 뿐 결국 같은 자리를 놓고 어떤 협력사를 선택하느냐의 문제였다. 오히려 내 이력을 어떤 업체에서 더 좋은 조건으로 계약을 따줄 것인가가 관전 포인트였다. 내 일은 해양구조설계팀에서 해양플랜트의 구조를 3차원의 솔리드 모델로 구현해내는 것이었다. 하지만 'S중공업'에서 강의 경력을 인정해주지 않았고 그 사실을 알고 있는 몇몇 다른 협력사에선 강의 경력을 다른 실무 경력으로 수정하는 것이 서로에게 이로울 수 있다고 제안했다. 당시까지만 해도 경력 위조가 공공연하게 자행되었다. 하지만 가짜 이력을 만드는 것보다 내 경력을 인정해주면서 협력사측에서 공제하는 수수료가 적은 쪽을 선택하는 것이 바람직했다.

마침 예전에 남편과 함께 일했던 지인을 만나게 되었다. 그해 1월 'S중공업'에 협력사 등록을 한 신생 기업의 이사직을 맡고 계셨다. 그 회사는 설립 취지부터 남달랐다. 기존 협력사들의 횡포가 지나쳐 정직한 회사를 만들어보자는 뜻에서 설립했다고 했다. 결국 그 회사를 선택하면서 강의 경력 3년은 날려버렸지만 새로운 꿈을 그려볼 수 있었기에 마음은 가벼웠다. 나는 2개월에 걸친 구직 활동을 청산하고 2006년 6월부터 다시 일을 시작했다. 약 4년 남짓한 기간의 경력 단절을 넘어선 것이다.

나의 계약 사례를 통해 능력을 제대로 인정해주는 회사라는 입소문을 타면서 계약 만료와 동시에 이 회사로 적을 옮기는 사람들이 속출했고 덕분에 협력사였던 'J엔지니어링'은 급성장했다. 급기야 남편도 여름휴가를 끝으로 우리 회사로 옮겼다. 그해 8월부터 우리는 매일 새벽 잠든 아이들을 부모님께 맡겨두고 같은 통근 버스에 몸을 실었다. 서로 담당하는 프로젝트는 달랐지만 같은 사무실에서 직장 동료로 함께 일하게 된 것이다. 서로에게 익숙한 '은우 아빠', '은우 엄마'라는 호칭을 '안 과장', '정 대리'로 바꿔 부르느라 한동안 애를 먹기도 했지만 각자 자신의 위치에서 열심히 달렸다.

S중공업에서 새로 맡은 프로젝트는 'West E-drill'이라는 반잠수식 시추선으로 내가 맡은 부분은 드릴 플로어에 설치되는 구조물들을 S중공업에서 자체 개발한 프로그램으로 모델링한 후 'PDMS'라는 프로그램으로 변환하여 해당 위치에 업

로드 하는 일이었다. 처음 써보는 툴이었기에 겁이 나기도 했지만 대부분의 작업들은 강의할 때나 해양플랜트 설치 업무를 하면서부터 손에 익은 기능들로 충분히 활용이 가능했다. 머리가 기억하지 못하는 일도 손이 저절로 기억해서 움직였다. 나는 빠른 속도로 적응해나갔다.

이 프로젝트에는 기본설계, 생산설계, 공사설계에 이어 내가 담당했넌 3D 모델러까지 각 단계별로 구조뿐만 아니라 다양한 파트의 전문가들이 자기 몫을 담당하고 있었다. 그러다 보니 무엇보다 팀워크가 중요했고 이들 사이의 소통이 얼마나 잘 되느냐에 따라 프로젝트의 성공 여부가 결정될 수도 있었다. 내가 일을 쉬는 동안 근무 환경은 많이 변해 있었고 그렇게 모인 사람들은 직영보다 협력사 직원들이 더 많았다. 그렇다고 직영과 협력사 간의 갑을 관계가 바뀌는 건 아니었지만 협력사 직원들 사이에도 직급에 따라, 또는 소속에 따라 암암리에 갑을 관계가 형성되어 있었다.

긴박하게 진행되던 일정을 한 템포 끝낸 어느 날, 같은 프로젝트를 진행하는 사람들끼리 회식이 있었고, 여러 사람들이 모인 자리에서 실장님이 나를 옆자리로 불렀다. 그는 나와 소속사는 달랐지만 해당 업무를 진행하는 동안 나의 실적을 관리하던 다른 회사의 팀장이었고 그의 앞자리엔 직영의 구조설계 팀장이 앉아 있었다. 실장님은 내게 직영 팀장님의 술잔을 채워주라며 빈 잔에 소주를 채워 내게 먼저 건넸다.

"우리 정 대리가 생각보다 일을 참 잘하고 있어요. 이 정도면 강의 경력도 다 인정해줘야 하는 거 아입니까?"라며 직영팀장에게 운을 띄웠다. 그리고 나를 보며 웃는 얼굴로 말을 이어갔다. 옆에 앉은 내 다리를 손바닥으로 묵직하게 잡아 누르듯 툭툭 치면서. "어이, 정 대리. 내가 이래 신경을 쓰고 있다. 알지?"

그는 능글맞은 얼굴로 나를 지그시 바라보며 말했다. 이번엔 그의 손이 허벅지를 위아래로 쓰다듬는 것이 아닌가. 청바지를 입고 있었기에 감각이 무디긴 했지만 그의 손길 위로 질펀한 시선이 느껴졌다. 본능적으로 몸을 뒤로 빼며 내 손을 그의 손 아래로 밀어 넣어 방어했다. 그러자 이번엔 과감하게도 내 손을 잡아끈 뒤 자신의 두 손 사이에 넣어 쓰다듬듯 툭툭 내려쳤다. 놀란 마음에 다급하게 소주병을 들어 빈 술잔을 채운 뒤 자리에서 일어났다. 그곳에 남편이 없는 것이 천만다행이었다.

그땐 그게 최선이었다. 내 잘못이 아니었다. 지금까지도 어떻게 대처하는 것이 맞는지 모르겠다. 남성 중심의 조직에 여사원들의 수가 상대적으로 적었던 이곳에선 이러한 추행이 상습적으로 이뤄지고 있었지만 그 누구도 문제 제기를 하지 않았다. 당사자들 스스로가 가해자라는 사실조차도 인지하지 못했다.

기계와 조선업에서 살아온 지난 20여 년 동안 여자인 나에게는 지속적으로 일어났던 일이었다. 그나마 남편과 같은 사무실에서 일을 하는 동안에는 보호받을 수 있었지만 가장 최근에 일했던 곳에선 이보다 심한 일도 겪었다. 나는 남편에게조차 말하지 못한 채 아무렇지 않은 듯 살아왔다. 그들의 삐뚤어진 의식은 어떤 이유에서도 합리화될 수 없는 것이었지만 나는 묵인했고 한편으론 후회하기도 했다. 이런 문제가 지금까지도 풀리지 않는 숙제로 남아있는 현실이 안타까울 뿐이다.

성추행은 권력의 위계에서 발생한다. 강자가 약점을 잡아 집요하게 자신의 탐욕을 채우려는 동안 피해자를 포함해 그 누구도 말을 할 수 없게 만드는 곳이 현재 우리가 살고 있는 사회다. 우리 사회 곳곳에 만연했던 불미스런 기업 문화는 어느 특정 계층에서만 일어나고 있는 일이 아니었다. 어쩌면 이런 목소리조차 낼 수 없었던 어리고 소외된 계층에서 더 빈번하게 나타났을 것이다. 이제 와 그들이 나서서 자신의 잘못을 알리고 용서를 구하는 것은 바라지도 않는다. 피해자들에겐 기껏 묵혀왔던 나쁜 기억들을 다시 떠올리는 것조차 아픔이기 때문이다.

그저 이제부터라도 가해자인 그들 스스로가 부끄러움을 알아차릴 수 있는 정도만이라도, 그래서 그들이 더 이상 그런 만행을 자행할 수 없을 만큼 우리 사회가 정화될 수 있었으면 좋겠다. 그래서 전반적인 사회의 의식이 바뀌고 가해자가 수

치심을 느낄 수 있는 세상에서 더 이상 피해자도 가해자도 생겨나지 않기를 간절히 바란다.

나가주세요

매일같이 이어지는 잔업과 주말까지 이어지는 특근은 비껴갈 수 없는 일상이었다. 일이 끝나면 다음 일이 밀려들었고 이미 끝낸 일들도 밥 먹듯 수정이 들어왔다. 그렇다고 잔업비나 특근비가 나오는 것도 아니었다. 월급제라는 계약 조건이 그랬다. 소속사는 그저 내 월급을 대신 받아주고 다음 계약을 연장해주기 위해 존재할 뿐 모든 실무는 직영 사람들과 해야 했다. 상여금도 연월차도 없었다. 집에 급한 일이 있거나 몸이 아파서 출근하지 못하게 되더라도 각 프로젝트 담당자들에게 허락을 받아야 했고 늦어진 만큼 야간이 됐든, 주말이 됐든 스스로 해결해야 했다.

그렇게 열심히 일을 해서 들어오는 월급은 겨우 200만 원 남짓이었다. 남편이 나보다 조금 더 받기는 했지만 저축을 시작하면서 부모님까지 여섯 식구를 책임지기에는 많이 부족했다. 아이들을 봐주시는 명목으로 엄마에게 약속한 70만 원을 빼고 아파트 관리비를 비롯한 각종 공과금에 자동차 보험과 가족들의 보험료까지 빠져나가고 나면 남는 게 없었다.

치열하게 살았다. 아이들 옷은 물론 동화책과 장난감까지 대부분 조카들이 쓰던 것들을 물려받았고 웬만한 가재도구도 중고 거래 사이트를 이용했다. 출근할 때는 회사 작업복을 입었기에 따로 옷을 사 입을 일도 없었다. 그러나 아이들이 자라면서 점점 음식에 신경을 써야 했고 그러다 보니 늘 식비에서 예상 밖의 지출이 일어났다. 갈수록 우리 가정의 엥겔지수는 높아졌고 아무리 아껴도 마이너스에 허덕였다.

그 무렵 은우는 어린이집을 다니고 있었고 겨우 20개월밖에 안 된 준우는 집에서 지냈다. 그러나 엄마는 집에서도 먼 고현이라는 곳까지 준우를 데리고 매일 교회에 나가셨다. 은우가 일찍 오면 엄마도 서둘러 교회에서 돌아와야 했기에 결국 은우를 종일반에 보냈다. 엄마를 말릴 방법이 없었다. 은우는 준우에 대한 할머니의 편애로 스트레스가 늘었고 급기야 또래 아이들과 주먹다짐을 하는 일까지 벌어졌다. 회사 일은 아무 것도 아니었다. 오히려 집에서 일어나는 엄마와의 갈등과 그로 인한 남편과의 갈등, 방치되다시피 버려진 우리 아이들까지…… 혼자서 감내하기에 너무도 아프고 힘든 일상이 반복되었다.

나만 참으면 모두가 행복할 거라 믿었다. 나만 견뎌내면 내 부모님도, 아이들도, 남편과의 관계도 모두 원만하게 아무 일 없는 듯 행복한 모습을 유지할 수 있을 거라 믿었다. 하지만 날이 갈수록 늘어가는 스트레스에 나도 변해갔다. 사소한 일에도 짜증을 냈고, 아이들을 심하게 나무라기도 했다. 그놈의 돈 때문에 남편과 다투는 일도 잦았다. 하루하루가 지독히도 우울했다.

결국 부모님께 드리던 급여를 줄일 수밖에 없었고 은우의 어린이집 종일반 비용이라도 아낄 수 있도록 엄마가 교회에 가는 시간을 줄여줬으면 좋겠다고 부탁했다.

"차라리 남의 집 식모를 살지. 내가 무슨 영화를 본다고 여기서 이라고 있는지 모르겠다. 니 새끼만 중하나? 그래. 니 맘대로 살아봐라. 니는 뭐 애미, 애비도 없이 하늘에서 뚝 떨어졌드나? 어이? 하루 종일 아 새끼들 본다꼬 쎄가 만발이 빠지겠구만, 뭐? 교회를 가지 마라꼬? 그기 고생하는 엄마한테 할 소리가? 어이?"

내 사정은 엄마의 안중에 없었다. 당신의 수입이 줄어드는 것도 문제였지만, 교회에 가는 시간을 줄여달라는 말에 이성을 잃은 사람처럼 폭언을 퍼붓기 시작했다. 나는 엄마를 피해 놀란 아이들을 데리고 방으로 들어가 문을 잠갔다. 귀뚜라미가 울기 시작한 초가을 저녁 시간이었고 남편은 그 시간까지 퇴근을 못하고 있었다. 준우는 등에 업힌 채 잠들었고 은우는 품에 안겨 잔뜩 겁에 질려 있었다. 엄마의 잔소리가 끝나기를 기다리며 은우의 두 귀를 내 손으로 막고 있었지만 엄마의 목소리는 비수처럼 날카로웠고 도저히 그대로 참아낼 수 없었다.

아이들을 데리고 밖으로 나갔다. 엄마의 폭언은 잠시도 멈추지 않았지만 아이들 신발을 손에 든 채 은우를 안고 집 밖으로 뛰쳐나왔다. 아이들을 카시트에 앉히고 페달을 밟았다. 어디로 갈지 막막했지만 일단 내 집엔 갈 수가 없었다. 근처 바다가 보이는 곳으로 차를 몰았다. 얼마나 달렸을까, 한적한 해안 도로변에 차를 세웠다. 캄캄한 밤 가로등 빛줄기 사이로 철썩이는 파도 소리와 간간이 지나는 자동차 엔진 소리만 들렸다. 눈물이 쏟아졌다. 너무 서럽고 원망스럽고 무서웠다. 아이들도 울었다. 영문도 모른 채 엄마와 함께 울어주었다.

그렇게 한참을 울다 친정 언니에게 전화를 했다. 잠시만 엄마를 모셔갔으면 하고 부탁했다. 하지만 언니는 조금의 망설임도 없이 거절했다. 결국 남편에게 모든 것을 털어놓을 수밖에 없었다. 그래도 남편은 먼저 내게 위로를 건네주었지만 남편도 사람인지라 분노를 참지 못했다. 우리는 잠든 아이들을 각자 안아 들고 현관으로 들어섰다. 하지만 그때까지도 분을 삭이지 못한 엄마는 남편을 보자마자 나를 욕했고 가만히 듣고 있던 남편도 못할 소리를 하고 말았다.

"내 사람이니까 욕하지 마세요. 여기는 내 집이고 어머니가 그렇게 힘들고 못마땅하시면 어머니가 나가시는 게 맞습니다. 내일 아침부터 당장 나가서 살 집을 알아보셔야 할 겁니다. 나가서 남의 집 살림을 사시든지 식당에서 설거지를 하시든지 어머니 맘대로 하세요."

지금도 그때를 생각하면 심장이 멎는다. 그렇게 2년이 채
되기 전에 부모님과의 전쟁 같은 동거는 끝이 났다. 부모님은
다시 부산으로 이사를 가셨고 우리 아이들은 어린이집 종일반
으로, 학원으로 뺑뺑이를 돌며 엄마 손을 떠나는 연습을 시작
했다.

만만치 않은 워킹맘의 삶을 살아내면서 수많은 위기들과
맞서야 했지만 우리 네 가족은 각자의 자리에서 잘 버텼다. 하
지만 그날의 상처는 대못이 되어 내 가슴에 멍울로 박혀버렸
고 슬픈 드라마나 영화를 볼 때마다 서러운 눈물이 되어 내 마
음을 흔들곤 한다.

부모님과의 동거를 끝내고 아이들을 어린이집 종일반으로 보냈다. 다행히 그 어린이집은 아침부터 저녁 7시까지 12시간을 맡아주었고 세끼를 모두 해결해주었다. 워킹맘의 입장에선 더할 나위 없이 좋은 곳이었지만 역시나 돈이 문제였다. 비용을 걱정하는 내게 어린이집에서 정부 지원을 받을 수 있는 방법을 알려주었다. 지원 금액은 7만 원이었지만 그 정도라도 감지덕지였다. 그런데 막상 지원금이 나온다고 하자 이번엔 어린이집 등록금이 5만 원이 올라 있는 게 아닌가. 결국 겨우 2만 원 지원받는 것이나 다름없었다. 아무리 생각해도 이상했다.

아이들을 맡긴 선생님께 차마 돈 이야기를 꺼내기가 어려웠다. 그래서 그곳을 소개해준 어린이집 원장님께 문의를 했는데 역시나 내 의심이 맞았다. 하지만 나의 쓸데없는 짓이 일을 키우고 말았다. 다음 날 오후 2시쯤 원장 선생님께 전화가 걸려왔다. 일을 하던 중이었지만 아이에게 무슨 일이라도 생겼을까 싶어 얼른 받았다.

"준우 어머니 맞으시죠?"

"네, 원장님. 준우한테 무슨 일 있어요?"

"아니 그게 아이고…… 궁금한 게 있으면 나한테 물었어야지. 그걸 왜 다른 원장한테 물어보고 그래요? 예? 내가 돈을 더 받으면 얼마나 더 받는다고. 은우, 준우처럼 그렇게 오래 봐주는 집이 또 어디 있다고. 내가 안 봐주면 어쩔 건데? 그 집 애들은 이 근처에 보낼 데 없을 줄 알아요."

일방적으로 퍼부은 다음 전화는 끊겼다. 이웃집 아주머니처럼 푸근했던 원장님의 목소리는 잔뜩 화가 나 있었다. 나는 갑작스런 그녀의 전화에 당혹감을 감출 수가 없었고 전화기를 붙들고 급하게 건물 옥상으로 올라갔다. 다시 전화를 했지만 받지 않았다. 도저히 일이 손에 잡히지 않았다. 아이 둘을 모두 맡겨놓고 있었던 나는 당장이라도 달려가 그곳에서 아이들을 데려오고 싶었다. 하지만 지금 그럴 수 있는 입장이 아니었다.

당시엔 남편도 나도 새로운 프로젝트에 투입되어 있었다. 담당자를 잘 만난 덕에 그동안 인정받지 못했던 강의 경력까지 인정받으면서 이제 막 오르막길에 접어든 시점이었다. 급하게 남편에게 전화를 걸었지만 자초지종을 들은 남편은 오히려 나를 나무랐다. 왜 쓸데없는 짓을 해서 아이들만 힘들게 만들었냐고, 알아서 하라는 반응이었다. 내가 일을 만든 건 사실이지만 그렇다고 전적으로 내 잘못만은 아니었다. 따지고 보면 아이들을 볼모로 나를 협박한 그 원장이 더 잘못한 것이지만 애석하게도 그때의 나는 아무런 힘이 없었다.

2007년 5월에 울산에 있는 모 어린이집에서 있었던 아동학대 사건으로 온 나라가 떠들썩할 때였다. 생각 같아선 나도 그 어린이집을 시에 고발하고 싶었지만 그녀의 말대로 저녁까지 아이들을 돌봐주는 곳이 없어서 어쩔 수 없이 나는 그녀 앞에 무릎을 꿇었다. 너무 억울하고 비참했지만 아이를 지켜야 하는 엄마니까 우선은 그렇게라도 해서 우리 아이들에게 해가 가지 않기를 간절히 바랐다.

그 일이 있고 나서 얼마 지나지 않아 어린이집에서 생일 파티가 있었다. 평소보다 퇴근이 조금 늦어졌고 미안한 마음에 귤 한 박스를 사 들고 어린이집으로 갔다. 그날은 아이들이 늦은 저녁으로 라면을 먹고 있었다. 그 가운데 우리 아이들만 하얀 비닐봉지에 담긴 '꿀떡'을 손으로 집어먹고 있었다. 나를 보자 달려온 은우가 그런다. "엄마, 나도 라면 먹고 싶어요. 집에 가서 라면 끓여주세요."

우리 아이들이 받았을 상처를 생각하면 그 자리에서 원장에게 따져 물어야 했지만 이미 죄인이었던 입장이라 어찌된 영문인지 묻는 것도 조심스러웠다. 그날 아이들 식사를 담당하시던 선생님이 휴가를 가셨고 남은 밥이 없어 라면을 끓였는데 우리 아이들은 내가 라면을 먹이지 말라고 해서 남은 떡을 먹었다는 것이다. 하지만 나는 그런 얘기를 한 적이 없었다. 남은 밥이 없어서라니, 어이가 없었다. 이유를 불문하고 하루빨리 우리 아이들을 보낼 수 있는 다른 기관을 찾아야 했다.

다행히 은우가 다니던 택견 전수관의 관장님께서 내가 퇴근하기 전까지 은우를 맡아주시기로 했다. 준우도 마침 이전에 알아보았던 어린이집으로 옮길 수 있었다. 6개월 후 관장님으로부터 그 어린이집이 문을 닫게 되었다는 소식을 들었다. 누군가가 민원을 넣었고 조사 결과 '6개월 영업정지 처분'을 받았다고 했다. 그 후 그곳은 입시 전문 학원으로 바뀌었다.

어쩌면 민원을 넣으셨던 분이 관장님이 아니셨을까 하는 생각이 들 정도로 관장님은 우리 아이들에게 신경을 많이 써주셨다. 그 소식을 접한 남편은 그런 곳은 내가 아니어도 언젠가는 벌을 받게 되어 있다고 했지만 내 아이를 볼모로 만들 수 없어 나서지 못한 내가 부끄러웠다. 그리고 10여 년이 더 지난 오늘까지도 그런 사례들이 반복되는 현실이 씁쓸하다 못해 미안한 마음이 앞선다.

워킹맘으로 양가 부모님의 손을 빌리지 않고 두 아이들을 바르게 키워내기란 여간 힘든 일이 아니었다. 남편이 함께했지만 아이들이 아플 때는 엄마만 찾았고 간혹 입원이라도 해야 하는 경우엔 어쩔 수 없이 회사를 쉴 수밖에 없었다. 입원 기간 내내 아이를 병원에 맡겨둔 채 출근했다가 퇴근하는 대로 병원으로 쫓아가 밤새 아이 곁을 지키다 새벽에 열 떨어진 것만 확인하고 잠든 아이를 홀로 두고 출근하기를 얼마나 반복했었는지. 은우가 초등학생이 되면서부터는 방학이 두려웠다. 학교를 가지 않는 동안 아이에게 밥을 먹여줄 수 있는 학원은 없었고 취약 계층의 아이들에 밀려 인원 제한이 있는 돌봄 교실도 보낼 수 없었다.

그 와중에 가장 큰 도움을 받았던 곳이 택견 전수관이었다. 관장님도 우리 아이들과 비슷한 또래의 아이들을 키우고 계셨기에 방학이면 항상 관장님 댁에서 함께 놀았고 내 손이 닿지 못하는 시간에는 관장님과 사모님이 대신 키우다시피 하셨다. 만약 그때 그분들을 만나지 못했다면 아마도 나는 벌써 일을 그만두어야 했을지도 모른다. 이루 말할 수 없이 고마운 분들이셨다. 아이 하나를 키우는 데는 마을 전체가 필요하다는 아프리카 속담도, 멀리 있는 친척보다 가까이 있는 이웃사촌이 낫다는 우리 속담도 모두 맞는 말이었다.

어린이집 사건으로 또 한 번 큰 산을 넘은 후에도 관장님 덕분에 우리 아이들은 각자의 자리에서 잘 버텨주었다. 나 또한 아이들이 어린이집과 유치원, 초등학교, 택견 전수관, 피아노 학원으로 소위 '뺑뺑이'를 돌고 있는 동안 내 자리에서 내 이름 석 자로 당당하게 일하면서 열심히 미래를 준비했다. 우리 아이들이 그렇게 많은 도움을 받으며 건강하게 자랄 수 있었던 만큼 언젠가 나도 나와 같은 어려움을 겪는 이들에게 도움을 줄 수 있기를 바란다.

내가 싫어질 때

IMF의 위기를 넘어선 지 10년 만이었던 2008년, 미국에서 서브프라임 모기지 사태로 시작된 '글로벌 금융 위기'가 다시 한번 내 발목을 잡았다. 2007년 한때 수익률이 30퍼센트에 육박했던 적립식 펀드를 비롯해 거치식으로 준비해두었던 상품까지 급락세로 돌아선 코스피 지수를 타고 바닥으로 곤두박질쳤고 부모님과 함께 살기 위해 분양받았던 아파트의 준공 날짜는 다가오고 있었다. 하루하루 먹고사는 데만 바빴던 우리는 입주가 눈앞에 다가오고서야 사태의 심각성을 깨달았다. 잠깐 빠지다 금방 회복할 거라던 전문가들의 예상은 보기 좋게 빗나갔고 급기야 원금까지 손해를 보고 말았다. 불과 1년 만에 2,000포인트를 돌파했던 코스피 지수가 1,000선이 붕괴될 지경이었으니, 잔금을 치르기 위해서는 그동안 모았던 돈을 모두 넣어도 대출을 껴야 하는 상태였다. 마음 같아선 그냥 전매해버리고 싶었지만 살고 있던 집의 계약도 끝났고 미분양이 속출했기에 프리미엄조차 마이너스로 돌아서고 있었다. 아이들을 사지로 몰아넣으면서까지 악착같이 모은 돈이었다.

하늘도 무심하시지. 전생에 무슨 잘못을 그리도 많이 저질렀기에 이렇게까지 힘들게 살아야 하나. 하늘을 향해 원망도 참 많이 했었다. 하지만 결국 그들의 말을 믿은 건 나였고 그렇게 떨어질 때까지 보기 좋게 내버려둔 것도 나였다. 누구를 원망할 자격도 처지도 아니었다. 어쩔 수 없이 재무설계사 언니의 조언대로 30년 원리금 상환의 조건으로 대출을 최대한 받아서 이사를 준비했다.

하지만 이번엔 입주할 아파트에 문제가 생겼다. 7월 말에 준공이 나야 했지만 사전 점검 기간에 찾아간 아파트는 붙박이장은커녕 시멘트 벽을 그대로 드러내고 있었고 여기저기 하자 보수가 필요한 곳이 한두 군데가 아니었다. 약속된 이사 날짜는 다가오는데 들어가서 살 집은 전기와 수도 시설 외엔 제대로 준비된 것이 없었다. 분양 당시에 광고했던 입주 전까지 완공된다던 '상동-아주 간 터널 공사'도 '도시가스 설비'도 아무것도 되어 있는 것이 없었다. 더욱이 그 아파트 인근엔 아이들이 갈 수 있는 초등학교가 없었다. 분양 당시 아파트 근처 고물상이 있던 부지에 신설 학교가 생긴다고 했지만 아무것도 진행되지 않았다. 분양 사무소를 찾아가 항의했지만 시 정책이 늦어지는 건 건설사의 책임이 아니라는 말뿐이었다. 그 말을 순진하게 믿은 내가 잘못이었다. 참고로 그 터널은 우리가 부산으로 이사한 이후에야 완공되었고 인근에 들어선다던 초등학교는 은우가 고3이 되는 2020년에야 문을 열 예정이라고 한다. 심지어 도시가스는 이 아파트가 들어선 지 10년이 지난 지금도 언제 들어올지 미지수다. 어쩔 수 없이 뜨거운 여름에 시멘트 벽 보고 입주를 했고 준공 전까지 한 달이 넘는 기간 동안 주소 이전도 못한 채 무허가 건물에서 살았다. 하자 보수는 하루 이틀 만에 끝나는 일이 아니었다. 어쩔 수 없이 회사와의 계약 연장을 하지 못하고 3개월이나 쉬게 되었다.

하지만 계속 쉴 수는 없었다. 그 즈음부터 협력사와의 계약 조건이나 법령이 많이 바뀌었다. 프로젝트별로 사람을 투입하는 게 아니라 물량 단위로 수주를 받아 완성된 도면을 파일로 납품하면 됐다. 그러니까 S중공업이나 H중공업에 소속된 비정규직이 아니라 협력사의 정규직으로 전환된 셈이었고 덕분에 연월차와 연장 근무 수당과 상여금도 받을 수 있었다. 처우는 대기업에 비할 바가 못 되었지만 조금이라도 챙겨주는 게 그저 고마울 따름이었다. 마침 S중공업에서 신규 투입되는 프로젝트의 생산설계 중 일부를 우리 회사가 수주하게 되면서 11월부터 다시 일을 시작할 수 있었다. 그러면서 우리 부부는 다시 한 사무실에서 과장, 차장의 직함으로 일하게 되었고 서로 다른 프로젝트를 맡으면서 스케줄이 겹치지 않게 신경을 썼다. 이듬해 은우는 초등학교에 입학하고 준우는 유치원생이 되었지만 내가 투입된 공사가 구조설계의 꽃이라 불리던 생산설계의 마지막 검토 단계에 있었기에 날마다 잔업이 이어졌다. 그 덕에 아이들은 아빠와 보내는 시간이 더 많아졌고 남편도 나를 대신해 아이들을 더 많이 챙겨주었다. 그렇게 정신 없이 4월의 마지막 날이 되었고 그날도 밤 11시를 넘은 시간 까지 사무실에 있었다. 다음 날이 '근로자의 날'이라 쉴 수 있 었지만 남은 일을 봐선 휴일 근무도 필요한 상태였다. 어차피 내일 또 나와야 했지만 하던 일은 끝내고 가려고 했다. 그런데 늦은 시간에 은우에게 전화가 걸려왔다.

"엄마, 어디예요? 빨리 와요."

"그래. 엄마 다 되어가. 조금 이따 출발할게. 먼저 자."

평소엔 벌써 잘 시간이었지만 그날은 좀 특별한 날이었다. 아이들이 그 시간까지 버티고 있을 줄은 몰랐는데, 어쩔 수 없 이 컴퓨터를 끄고 일어났다.

"엄마, 왜 이렇게 늦게 오셨어요. 집에 불날 뻔했잖아요."

"어머, 이게 다 뭐야?"

정말로 조금만 더 늦었어도 집에 불을 낼 뻔했다. 문을 열 고 들어가자 향초와 장미꽃으로 현관 입구에서부터 복도를 지 나 거실까지 길이 나 있었고 그 길 끝에서 만난 것은 아이들 책상 위에 놓인 케이크와 샴페인이었다. 결혼 9주년을 기념하 기 위해 아이들과 함께 준비한 이벤트라고 했다. 평생 이렇게 감동적인 장면은 처음이었다. 실내복을 입고 있던 아이들은 그 시간까지 잠을 못 자 눈이 붉게 충혈되어 있었고 연신 하품 을 해댔다. 남편은 초췌한 모습으로 눈물을 글썽이는 내게 빨 리 아이들 옆에 앉으라고 성화하며 기념사진을 찍었다. 삼각

대를 놓고 같이 찍자고 했지만 그럴 시간이 없었다. 감동의 눈물이 채 마르기도 전에 아니, 흐르기도 전에 얼른 불부터 꺼야 했다. 은우의 말대로 향초가 놓여 있던 플라스틱 용기가 녹아내리고 있었다. 인터넷 쇼핑몰에서 구매했다는 이벤트 세트에는 설명서가 없었고 처음 보는 그 물건을 어찌 쓰는지 몰랐던 남편은 향초를 담으라는 용기 안에 넣으면 금방 녹아버릴 것 같아서 뒤집어엎은 다음 그 위에 초를 올리고 불을 켰다. 게다가 남편이 예상한 도착 시간보다 내가 늦어지는 바람에 향초가 녹아내리자 용기가 찌그러지기 시작한 것이었다.

"용기에 물을 담고 그 위에 향초를 띄웠어야지. 이게 대체 무슨 일이야. 내가 못살아."

나를 위해 애써 준비한 이벤트였지만 나는 남편에게 찬물을 끼얹고 말았다.

"네가 좀 더 빨리 왔으면 안 그랬을 거 아냐? 넌 일밖에 모르지? 오늘이 무슨 날인지도 모르고. 괜히 애들만 고생시켰잖아."

아차, 내 맘은 그게 아닌데……. 나도 모르게 튀어나온 그 말은 그렇게도 닮기 싫었던 엄마의 말이었다. 정말 속이 상했다. 진짜 인정하기 싫은데 내 안에 엄마가 있었다.

"아냐. 못살긴 왜 못살아. 잘 살아야지. 왜 거기서 그 말이 튀어나오는 거야. 미안. 정말 미안해요. 우리 이거 빨리 치우고 자요. 진짜 고마워요."

TV 화면 밖의 이벤트는 그랬다. 밤늦게까지 마룻바닥에 눌어붙은 양초를 긁어내고 빗자루로 쓸어 담고 걸레로 닦았다. 그래도 여전히 미끄러워서 아이들은 한동안 양말을 신고 복도에서 스케이트를 탔다. TV에서 보던 대로 행복하기만 한 이벤트는 아니었지만 그들도 화면 밖에선 우리처럼 그렇게 이벤트를 치를 거라며 서로에게 위안의 말을 전했다.

별 볼 일 없는 삶, 참 별 볼 일 많다

어떻게 끝이 났는지 모를 정도로 정신없이 맡은 프로젝트가 끝이 났다. 그 프로젝트를 끝으로 사무실이 부산으로 이전하게 되었다. 아이들의 교육적인 부분을 고려해도 거제보다는 부산이 더 좋다고 판단했고 우리도 함께 이사를 계획했다. 이사를 준비하면서 가장 힘들었던 부분은 아이들이 택견을 그만두어야 하는 것이었다. 은우는 2학년이 되면서 본격적으로 '택견 시연단' 활동을 준비하고 있었다. 관장님께서 지역 어르신들을 모시고 해마다 '효사랑 나눔 택견 시연회'나 '반야원 재능기부 활동' 등의 봉사활동을 진행하고 계셨고 그러한 활동의 중심이었던 '택견 시연단'이 된 것이다. 하지만 아쉽게도 은우는 2010년 7월에 있었던 효사랑 행사에서 데뷔 무대를 경험한 것으로 만족해야만 했다.

우리는 여름휴가에 맞춰 이사를 했고 은우는 방학이었기에 당장 학교에 갈 수 없어 보습 학원과 피아노, 태권도 학원으로 돌렸다. 택견을 시키고 싶었지만 집근처엔 모두 태권도 학원만 즐비했고 택견 전수관은 없었다. 준우는 유치원 7세반에 다니고 있었지만 국공립은 자리가 없었고 보낼 수 있는 사립 유치원은 반 학기를 위해 등록비와 8월 한 달 원비를 합쳐 50만 원이 넘었다. 원래 7세반은 의무교육이므로 국공립 수준의 교육비는 국가에서 지원을 받을 수 있었지만 준우는 2005년생이므로 단 하루 차이로 7세가 아닌 6세라서 지원을 받을 수 없었다. 내년에 바로 조기 입학을 할 예정이라고 교육청에 전화까지 해봤지만 법이 그렇기 때문에 어쩔 수 없다고 했다.

게다가 이듬해 아이가 초등학교를 입학하고 난 후에 구청에서 유치원 교육비를 신청하라는 전화를 받았지만 이번엔 이미 초등학교에 진학했기 때문에 지원을 받을 수 없다고 했다. 조기 입학이나 입학 유예가 가능하도록 법이 개정되었다고 했지만 유치원까지는 그 영역이 확대되지 못한 탁상행정이 만든 불합리의 결과였다. 소득수준에 따른 단계별 교육비 지원도 받을 수 없었다. 대출이 반 이상이었지만 집을 소유하고 있었고, 타던 차가 고장 나 캐피탈을 끼고 신차를 구입했다. 하지만 소득수준을 평가할 땐 대출 따위는 고려 대상이 아니었고 자산 가치만 따졌다. 심지어 가입되어 있던 어린이 보험의 해지 환급금까지 자산으로 평가했다.

"더럽고 치사해서 안 받아. 괜히 신상만 다 털렸잖아. 하지 마. 안 해."

남편은 노골적으로 불쾌해했다. 충분히 이해가 갔고 너무 억울했지만 법이 그렇다는데 어쩔 도리가 없었다. 우리 부부가 준우를 조기 입학시킨 것은 준우의 성장이 또래보다 빨랐던 부분도 있었지만 교육비 부담 때문이기도 했다.

해운대에선 아이들이 초등학교 저학년까지는 돌봄 교실을 이용할 수 있었다. 돌봄 교실은 저소득층과 조손 가정이나 한부모 가정, 소년 소녀 가장인 경우에 우선적으로 이용할 수 있고 제일 마지막으로 혜택을 받을 수 있는 경우가 맞벌이 가정 아이들이었다. 그래서 거제에 있을 땐 항상 순위에 밀려 돌봄 교실 서비스가 있는지조차도 모르고 살았는데 해운대에선 우리 아이들에게도 기회가 주어졌다. 하지만 4학년이 되면서부터는 또다시 학원으로 뺑뺑이를 돌려야 하는 건 마찬가지였다. 게다가 돌봄 교실도 방학 동안은 1주일씩 운영을 쉬었기에 은우와 준우 둘이서만 집을 지켜야 하는 날도 많았다. 택견 관장님 같은 지도자를 만날 수 있는 행운은 없었고 방학 때마다 그 어린 것들만 집에 두고 일을 나갔다.

처음엔 점심시간마다 집에 가서 아이들 식사를 챙겼지만 내가 해줄 수 있는 음식에 한계를 느끼면서 회사에서 종종 이용하던 식당에 부탁해 집으로 음식을 배달시키기도 했다. 지금 생각해도 아이들에게 한없이 미안하다, 워킹맘으로 살아왔던 지난날을 후회하지는 않지만 엄마 노릇 제대로 못 해준 죄인이라는 생각에 반성하게 된다. 최선을 다했어도 어쩔 수 없이 그런 맘이 든다.

사무실에선 멀리 해운대 백사장이 내려다보였고 실내 인테리어도 거제에 비하면 호텔 급이었다. 사무 환경은 많이 좋아졌지만 일은 여전히 바빴다. 신규 프로젝트를 진행하고 있는 중에도 예정된 후속 공사가 밀려들었고 회사가 커지는 만큼 조직도 커졌다. 하지만 일의 특성상 경력 사원을 구하기가 힘들었고 사람이 필요할 때마다 신입만 뽑아서 하나부터 열까지 다 가르쳐가며 일해야 했다. 하지만 기껏 가르쳐놓으면 일이 어렵다거나 잔업이 많아서 힘들다거나 하는 이유로 그만두고 나가는 경우가 많았고 그러면 또다시 사람을 뽑아서 가르치는 일을 반복했다. 일정을 맞추기 위해 밤을 꼬박 새우는 일도 많았다. 하지만 돈을 떠나서 내게 주어진 일이었으니 당연하다 생각했다. 그러던 어느 날 밤 퇴근길에 만난 관광객 두 분이 내게 말을 걸어왔다.

"실례합니다. 바닷가로 나가려면 어디로 가야 하나요?"

그 말은 들은 나는 머리가 하얘졌다. 사무실에서 내려다보였던 해변을 매일 보고 살았지만 아직 바닷가 근처도 못 가봤다. 어느 방향인지는 알겠는데 가는 길을 모르겠다. 그래도 해운대에서 살고 있고, 걸어서 출퇴근도 하는 지역민인데 이럴 수가…….

학교를 다닐 때도 집, 학교, 집, 학교…… 회사를 다닐 때도 집, 회사, 집, 회사……. 아침 일찍 애들 학교 보내고 출근하면 매일 캄캄한 밤이 되어야 집에 갈 수 있었다. 하늘을 올려다봤다. 그날따라 별이 제법 많이 보였다.

'정말 별 볼 일 없는 삶인데 진짜 별 보는 날은 많다. 나는 대체 무엇을 위해서, 무엇을 향해서 이리도 열심히 달리고 있는 걸까? 이렇게 계속 가기만 하면 되는 걸까? 이런 삶이 정말 행복할까? 과연 나는 언제쯤 행복할 수 있을까?'

생각만 한다고 달라지는 건 아무것도 없었다. 나는 여전히 집안일과 아이들을 돌보는 일보다 회사 일에 더 많은 열정을 쏟았고 덕분에 그해 연말 송년회에서 공로패를 수상하는 영광도 누렸다. 그럼에도 후배들은 일만 하는 나를 더 어려워했고 나는 나대로 그들과 어떻게 소통해야 할지 갈수록 스트레스가 쌓여갔다. 나는 스스로 도전하면서 발전하고 있었지만 주말까지도 엄마와 아내의 자리를 양보해야만 했던 아이들과 남편에 겐 항상 미안한 마음으로 살았다. 결코 나와 내 가족이 행복할 수 있는 방향이 아니라는 걸 알면서 내가 해야 하는 일을 더 잘하기 위해 쉼 없이 달리고 또 달렸다. 그때라도 행복할 수 있는 방향으로 나뭇가지를 부러뜨렸어야 했다.

5.

삶의 무게를 누군가와
나눌 수만 있다면

수신자가 잘못 입력된 메시지

설계기술직이라는 한 우물만 파고 또 팠다. 기계과 출신인 내게 '조선·해양'은 낯선 분야였지만 어떻게든 녹아들기 위해 노력했다. 해양플랜트 구조설계와 공사설계는 나에게 큰 도전이었다. 매번 새로운 프로젝트를 수행할 때마다 느끼는 목마름이 있었다.

그동안 수행해왔던 여러 프로젝트들은 '반잠수식 시추선'과 '부유식 원유생산저장하역설비', '고정식 해양플랫폼'과 같이 난도를 요하는 일이었지만, 사실 처음엔 해양플랜트에 대한 기본 개념도 명확하지 않았다. 모델링 작업을 할 땐 그저 도면에 표기된 치수와 위치에 맞춰 구조 형상을 만들고 입력하기에 바빴고, 생산설계를 할 땐 이미 만들어진 기본도에 입각해 블록별로 잘 짜인 순서도대로 생산도와 공작도를 비교하고 확인하며 도면을 작성하면 됐다. 어떤 특별한 기능을 수행하기 위한 기계가 아니라 기본도로 만들어진 구조 그대로 3D 모델이나 2D 생산도로 만들기만 하면 되는 것이었기에 단지 도면을 얼마나 정확하게 보고 시스템에 맞춰 빨리 만들 수 있느냐가 관건이었다. 그러나 일을 하면서 도면에 표기되어 있는 'Moon Full Area'나 'Rotary Table' 같은 생소한 용어를 만날 때마다 내겐 풀지 못한 숙제로 남아버렸고, 모니터 속에서 보았던 블록들을 눈앞에서 확인했을 때 오는 괴리감은 이따금씩 내 도면에 대한 믿음에 불안감을 더해주기도 했다. 처음엔 물어보며 하나씩 배워갔지만 어느 시점이 되면서부터는 그들조차 답을 해줄 수 없는 영역이 있었다. 그때부터 선박과 해양 플랜트 관련 자료를 모아가며 혼자 연구를 했지만 쫓기듯 진행되는 스케줄 때문에 관련 지식들을 습득하는 과정은 순탄하지 않았다. 막히는 문제들은 어떻게든 스스로 해결해냈다.

자료를 정리해둘 필요를 느꼈다. 이 길에 들어선 후배들에게 조금이나마 힘이 되고 싶었다. 때문에 개인적인 시간을 희생해가면서 자료를 찾아다녔고 후임들에게 아낌없이 나눠주었다. 하루는 사내에서 쓰던 메신저를 통해 내게 메시지가 한 통 도착했다.

'보이지도 않는 걸 갖고 쓸데없이 일일이 코멘트 하고 지랄이야. 나, 안 해.'

좀 전에 내가 검토한 도면을 받아 간 후배가 쓴, 수신자를 잘못 입력한 메시지였다. 글을 보는 순간 얼굴이 화끈거렸지만 나는 답장하지 않았다. 그 일이 있은 후부턴 기본적인 코멘트만 줄 뿐 왜 그렇게 수정해야 하는지 설명하지 않았다. 처음부터 그렇게 했어야 했다. 내가 배웠던 과정이 힘들었던 만큼 그들이 좀 더 쉽게 배울 수 있기를 바랐다. 그래서 하나부터 열까지 일일이 가르쳤지만 고마워하기는커녕 그들은 오히려 반감을 드러냈다. 처음엔 서운했지만 잘 생각해보면 처음부터 궁금할 틈을 주지 않았던 내 잘못이 더 컸다. 내가 그들에게 베풀었던 친절은 결국 그들 스스로 찾아야 하는 질문의 동기마저 빼앗고 있었는지도 모른다. 애석하게도 그것을 깨닫기까지 너무 오랜 시간이 걸렸다. 모든 걸 다 가르쳐야 했던 강사 시절의 오랜 습관이 오히려 독이 되었다.

나는 자존감이 바닥인 채 사회생활을 시작했었다. 남들처럼 정규 과정의 대학을 나온 것이 아니었던 만큼 항상 어깨 너머로 배우고 어렵게 자료를 수집했지만 그럴수록 자신감도 떨어졌다. 그래서 선배나 동료의 의견을 최대한 수용하고 따르기만 했다. 심지어 회식 장소나 메뉴를 정할 때도 그저 남들이 가자는 곳만 따라다녔다.

만약에 내가 자존감이 아주 높았다면 후배들에게 과한 친절을 베풀지 않았을 테고, 그들에게 오히려 당당하게 나만큼 해낼 수 있는 욕심을 심어줄 수도 있었을 것이다. 하지만 나는 항상 목말랐던 만큼 나를 폄하했고 스스로를 부족한 사람으로 평가했다. 내가 모르는 지식을 후배들에게 줄 수 없으니 항상 미안한 마음이었고 그래서 내가 알고 있는 범위 내에선 최대한 많은 것을 주고 싶었다. 학원에서 강의를 할 때부터 늘 그런 마음이었지만 돌아오는 건 냉대뿐이었다. 동료들은 내가 모르고 궁금한 것들을 물어보면 항상 가르침을 주기보다 자기 밥그릇 빼앗길 걱정부터 했다. 그런데도 나는 바보처럼 퍼주기만 했다.

바나나와 사과

회사는 설립 6년 만인 2012년 2월에 법인 등록을 하면서 주식 회사로 바뀌었고 부산으로 이전한 후 3년 만인 2013년 7월에 센텀 지식산업센터 내에 들어선 아파트형 사무실을 분양받아 확장 이전을 했다. 하지만 대외적인 규모가 성장한 만큼 내실 이 다져지지 못했고 지나친 '성과 제도'로 인해 팀 간 분쟁은 더욱 심해지고 있었다.

당시 대표님이 일방적으로 사업 운영 방침을 변경하면서 반발이 많았지만 끝내 대표님의 고집을 꺾을 수는 없었다. 대 표님이 말하는 사업 방침은 우리 회사의 이름으로 들어오는 모든 일감에 대해 대표님이 무조건 25퍼센트의 커미션을 가 져가고 그 나머지를 여력이 되는 팀에 할당하겠다는 것이었 다. 그래서 해당 업무에 대해 성과를 많이 내는 팀에 연말에 팀별로 성과급을 지급하겠다는 방침이었다. 한마디로 말해 지 난 7년간 일궈낸 회사의 '네임밸류'를 오롯이 대표가 갖겠다 는 것이고 가져온 일에 대해 적자가 나든 흑자가 나든 그 결과 에 대해서는 각 팀에 책임을 떠넘기겠다는 것이었다. 결국 일감을 가지고 팀끼리 물고 뜯는 전쟁을 치르게 되었고 협업은 커녕 각자 자기 밥그릇 챙기기에 급급했다. 대표님은 그렇게 얻은 불로소득으로 무리하게 사세를 확장하기 시작했고 연말에 성과급을 받아가는 팀은 거의 없었다. 그의 입장에선 기업가로서 사업을 키우기 위한 초석이었을지 모르겠지만 노동자인 내가 보기에 그는 이미 초심을 잃었고 돈의 노예가 된 것 같았다. 뒤늦게 배운 도둑질이 무섭다더니 그도 다른 회사 대표들과 다를 바가 없었다.

회사를 그렇게 일궈낸 것은 대표 혼자가 아니라는 것을, 그 시간을 함께한 우리가 있었다는 것을 진정 그는 잊었단 말인가? 아이들 학교에서 중요한 행사가 있을 때도 항상 일이 먼저였고 아이가 아파서 병원에 입원했을 때도 맘 편하게 옆에 있어주지 못했다. 휴일에도 쉬지 않고 오프라인 교육을 다녔고 없는 시간 쪼개가며 업무 관련 인터넷 카페에 회사 홍보 글도 게시하며 광고까지 했다. 물론 대표님이 브로슈어를 만들고 월간지에 돈을 들여 광고한 것에 비하면 아무것도 아닐지 모르겠지만 적어도 그렇게 만든 회사의 네임밸류가 그만의 것은 아니라는 걸 알아주지 않았다.

H중공업에선 내 이름을 믿고 일을 주긴 했지만 다른 회사들에 비해 단가가 현저하게 낮았다. 그럴 수밖에 없는 것이 H중공업에서 발주하는 공사들은 대부분 '저가 수주'에 하청업체 '단가 후려치기'가 일상화되고 있었고 경쟁에서 살아남으

려면 울며 겨자 먹기로 입찰가를 낮출 수밖에 없었다. 회사에서 요구하는 '성과 제도'에 맞추려면 시간을 적게 들이고 단가가 높은 일을 해야 했지만 H중공업에서 들어오는 일들은 시간은 많이 들고 보상은 적은 일이어서 다른 어느 팀에서도 하지 않으려 했다. 하지만 회사를 유지하려면 H중공업과의 거래는 기본으로 필요했다. 대표님은 내게 그 일을 맡기면서 저가 수주에 대한 리스크는 책임지우지 않겠다고 하셨지만 연봉 협상 자리에 놓인 나의 성과 지표는 바닥이었다. 저가 수주에 대한 리스크는 물론 후배들을 양성하는 데 들어간 시간까지 모두 내 책임으로 돌려진 그 지표는 지난 7년간 회사를 위해 헌신했던 나를 향해 치켜세운 칼날이었다.

'그래. 새순이 나려면 낙엽이 떨어져야지.'

내가 자리를 비워주어야 후임들이 또 그 자리를 채울 수 있었다. 자본주의 사회는 냉혹할 수밖에 없었다. 연봉이 올라가는 만큼 내가 하는 일의 단가도 같이 올라가야 하지만 거기서는 더 이상 희망이 보이지 않았다.

그렇게 연봉 협상이 한창이던 2013년 12월 말이었다. 지난해부터 다른 팀에서 일하던 후배가 뜬금없이 찾아와 나 먹으라고 바나나 하나를 건넨다. 그런데 이 바나나, 잔뜩 화가 나 있었다. 바나나 껍질에 잔뜩 화난 얼굴을 그려서 준 것이었다. 지금 자기 맘이 이렇다면서……. 신입 시절 나에게 사내 메신서를 실수로 보내온 그녀는 최근 대리 진급을 하면서 후배들을 가르치고 있었다. 지난 3년간 그녀 때문에 밤샘도 많이 했고 지독히도 속이 썩었었는데 지금은 제 속이 많이 긁히나 보다. 이제야 내 맘을 알아주는 건가? 어떻게 받아줘야 할지 고민스러웠다. 개인 SNS에 사진을 올렸더니 택견 관장님께서 현답을 주셨다.

'갚으세요. 사과에 미소를 그려서.'

'사과로 갚는다. 주고받는 관계가 거꾸로 될 것 같지만 한 번 해봐야겠어요.'

'역설입니다. 개구리 올챙이 시절 생각한다면 바나나가 아니라 사과를 보냈어야 한다는……'

관장님의 재미난 발상에 힘입어 나는 다음 날 아침 정말로 미소 가득한 사과를 건넸다. 그 친구에겐 그 마음이 어떻게 전해졌을지 모르지만 내가 보낸 그 사과의 의미는 진심이었다. 여태껏 내가 걸어온 길을 똑같이 가게 될 그 친구에게 그렇게밖에 길을 못 닦아놔서 정말 미안한 마음이었다.

이듬해 이사님은 남편과 내게 함께 거제 지사를 꾸리기를 제안하셨고 우리는 다시 적을 옮기게 되었다.

아침 라디오에서 '양희은, 강석우의 여성시대'가 한창 방송되던 시간이었다. 라디오를 통해 인천에서 제주로 가던 여객선이 침몰했다는 소식에 이어 전원 구조가 됐다는 소식도 들렸다. 그러나 후속 방송에서 단원고 학생 325명이 수학여행을 가던 길이었고 전원 구조가 된 것이 아니라는 정정 보도가 나왔다. 무사히 구조되기를 바란다는 비보에 하루 종일 일이 손에 잡히지 않았다.

2014년 4월 16일. 바로 다음 주인 21일에 은우의 졸업 여행이 예정되어 있었다. 온 나라가 갑작스런 비보에 슬픔에 잠겼고 모든 행사가 줄줄이 취소되거나 축소되었다. 은우의 졸업 여행도 무기한 연기되었다.

"엄마, '어벤져스'가 영화가 아니라 진짜였으면 좋겠어요. 그러면 '아이언맨'이 가서 배를 끌어 올리면 되잖아요."

얼마나 안타까웠으면 '아이언맨'을 좋아하던 준우가 뉴스를 보며 울고 있는 내게 달려와 그런다. 그때가 한창 〈어벤져스 2〉라는 영화를 서울에서 촬영한다고 마포대교가 통제된다는 뉴스를 본 지 얼마 되지 않았을 때였다.

"너는 그게 말이 된다고 생각하나? 아빠, 우리 집 앞에 저 커다란 해상크레인 있잖아요. 저거 가져가서 크레인이 사람들 다 빠져나올 때까지 잡고 있었어도 되잖아요. 저거 엄마가 저번에 3,600톤인가 들 수 있다고 하지 않았어요? 옛날에 천안함도 쟤가 들었다면서요."

이번엔 은우가 거들었다. 그랬다. 온 국민이 비통함에 잠겨 있을 그때 우리 아이들도 그들을 구할 수 있는 방법을 생각하며 안타까워했다. 은우가 말한 해상크레인이 사고 해역에 있었다면 그 말이 맞다. 이왕이면 3,600톤보다 더 큰 8,000톤이나 1만 톤 용량의 크레인이 거기에 있었다면 말이다. 하지만 거제에 있었던 해상크레인이 서해까지 가려면 적어도 닷새 내외의 시간이 필요했다. 목포항 인근에도 해상크레인이 있었을 테고 실제 현장에 나가 있는 장면도 뉴스에서 보긴 했지만 애석하게도 크레인 용량이 턱없이 부족했다. 게다가 조류의 영향이 아주 큰 서해에서 재화 중량이 6,000톤이 넘었던 세월호를 들겠다고 어설프게 덤볐다간 같이 딸려 들어갈 수도 있기 때문에 그리 간단한 문제가 아니었을 것이다.

사고 이후 실제로 거제 S중공업에서 보유하고 있던 8,000톤 용량의 해상크레인을 서해로 보내기도 했다. 하지만 그땐 이미 세월호가 바다 속으로 자취를 감춘 뒤였고 조류의 영향으로 아무것도 할 수 없어 대기만 하다가 다시 돌아왔다. 덕분에 당시 S중공업에서 담당했던 블록 중에 그 8,000톤 크레인이 작업하기로 되어 있던 블록들을 다시 뗐다가 붙여야 했다. 회장님이 그 때문에 발생할 손실을 감안하고도 그런 결정을 하셨는지는 모르겠지만 아무튼 그 크레인이 거제를 떠난 기간 동안 일을 그보다 작은 3,000톤급 크레인이 대신했기 때문에 '메가공법'으로 탑재하던 블록들을 다시 작은 단위로 쪼개야 했던 것이다. 그 때문에 구조해석과 도면 작업이 다 끝난 블록을 모델링부터 작은 단위로 다시 작업을 해야 했고 덕분에 보강 물량도 늘어나면서 늦게까지 작업하는 날도 더 길어졌다.

그렇게 허무하게 세월호가 바다에 잠들고 난 후 그해 7월부터 급락하기 시작한 국제 유가의 하락세는 생각보다 심각해져갔다. 국제금융 위기 이후 2010년 한때 110달러까지 치솟았던 국제 유가는 미국의 셰일오일이나 셰일가스의 생산량 급증과 시리아 이라크 유전을 점령한 'IS'의 원유 암거래 등 여러 요인에 의해 2015년 들어 배럴당 40달러가 무너지고 있었다. 그러나 국제 유가가 그렇게 반 토막이 나는 동안에도 리터당 900원의 유류세가 부가되는 국내 유가의 특성상 실물경제에서 체감할 수 있는 효과는 미비했다.

게다가 그때까지만 해도 큰 걱정을 하지 못했던 것이 당장 눈앞에 먹거리가 넘쳐나고 있었기 때문이다. S중공업에서 수주한 프로젝트 두 건이 동시에 진행되고 있었고 후속 공사로 예정된 물량도 있었다. 게다가 당시 집값도 천정부지로 치솟아 들리는 소문에 의하면 우리 아파트 실거래가가 3억을 넘어가고 있었다. 분양받을 당시에 비하면 거의 1억이 올랐고 매물도 흔하지 않았다. 그때가 클라이맥스였지만 그땐 집을 매도할 생각도 할 수 없었다. 매일 밤늦게까지 이어지는 잔업은 해도 해도 끝이 없어 주변을 돌아볼 틈도 없었다.

하루는 어차피 버스 시간도 놓쳤다 싶어 하던 일을 마무리하고 새벽 1시가 넘어서 택시를 탔다. 거가대교로 진입하는 도로가 있는 교차로에서 신호 대기 중이었고 이내 출발했다. 그런데 갑자기 경적이 울리면서 같은 차선 맞은편에서 헤드라이트를 깜박이며 승용차가 돌진해 오는 것이었다. 회전 구간이어서 다행히 속도가 많이 나지 않은 상태였고 급브레이크를 밟아 가까스로 차를 세웠다. 달려오던 차가 차선을 변경하면서 사고는 피했지만 정신을 차려보니 우측 창밖으로 중앙분리대가 보였다. 기사 아저씨께서 반대편 차선으로 달린 것이었다. 한여름 밤 가로등 불빛 하나 없는 편도 2차선 도로에서 반대 방향을 보고 선 채 오도 가도 못하고 있었다. 마침 2차선으로 달려오던 다른 택시 기사님의 도움으로 비상등을 켠 상태로 차를 돌려 빠져나왔다. 심장이 쫄깃해진다는 게 어떤 것인지 알 것 같았다. 나도 모르게 '관세음보살'을 부르고 있었고 아이들 얼굴이 주마등처럼 지나갔다.

'이렇게 열심히 살아왔는데 열심히만 살다가 이대로 죽으면 어떡하지? 우리 애들 불쌍해서 어떡해. 난 대체 왜 이렇게 살아야 하지? 무엇을 위해서? 뼈 빠지게 일해서 노후 자금이 다 뭐다 해서 열심히 모아놓은들 한순간에 가버리면? 제대로 써보지도 못하고 죽거나, 죽지 못해 사는 동안 병원비로 다 날리게 될지도 몰라. 이렇게 살면 안 되는 거잖아.'

많은 생각이 교차했다. 하지만 다음 날도 S중공업으로 출장을 가야 했고 나는 또 신입 사원을 가르쳐가며 도면을 그렸다.

네가 날 알아?

내 자리에 편지가 한 통 놓여 있었다. 퇴사한다던 친구가 지난 주말 잠시 사무실에 들러 짐을 빼간 모양이었다. 지난 1년간 잦은 야근에 운동도 못하고 지낸 사이 체중이 급격하게 늘었고 후유증처럼 찾아온 요통 때문에 치료를 위해 창원에 계신 어머니 댁으로 들어가게 되었다는 내용이었다. 사실 전부터 계속 그만두고 싶다는 말을 했지만 내 코가 석자였던 탓에 작업하던 일만 끝내고 가달라고 부탁했고 그렇게 해주겠다고 얘기가 된 상태였다. 그러나 창원으로 이사를 하게 되면서 내게 미안해서 연락도 못하고 간 것이다. 얼마나 미안했으면 그랬을까. 지금 생각하면 내가 정말 못된 상사였다. 그때는 그저 약속을 지켜주지 않았던 그 아이에 대한 배신감이 더 컸다. 알고 보면 그 아이 몸이 그렇게 나빠진 것도 회사 일 때문이었지만 내 몸과 마음이 더 아팠던 탓에 미처 알아주지 못했다. 그렇게 우리는 송별회도 못하고 헤어졌고 몸이 다 나으면 꼭 다시 오라고 했던 약속도 지켜지지 못했다.

한동안 일은 더 바쁘게 진행되었고 어느 정도 마무리가 될 즈음 남편에게 문자를 한 통 보냈다. 사실 이제 막 마흔이라는 길목에 들어선 내가 너무 답답했고 앞날이 막막했다.

오랜만에 주말에 애들 놔두고 둘이서 데이트를 가자고 했다. 당시 부산에서 〈김미경의 톡앤쇼〉 '나 데리고 사는 법'이라는 토크 콘서트가 예정되어 있었다. 거제에서 부산까지 2000번 시내버스를 타고 하단에서 지하철을 갈아타며 부산KBS홀로 향했다. 2시간 동안 참 많이도 울고 또 웃었다. 내가 거기에 남편을 데려간 이유는 딱 하나였다. 내 꿈, 내가 하고 싶은 게 뭔지 알아봐달라고, 나도 하고 싶은 게 있고 꿈이 있는 사람이라는 걸 좀 알아봐달라는 그거 하나였다.

아이들이 어렸을 때부터 오토바이, 인라인, 인터넷 게임, 건담 프라모델, DSLR에 이어 캠핑까지 취미 생활이라면 안 해본 게 없는 남편이 내게 그런 말을 한 적이 있다.

"너는 일밖에 모르지? 버킷리스트가 뭔지는 아니? 취미 생활 좀 하고 살아. 나는 취미 생활도 못하고 너처럼 일만 하면서 그렇게는 절대 못 살아. 그러니까 나더러 하지 말라고만 하지 말고 너도 취미 생활 좀 하고 살아."

'내가 버킷리스트를 몰라? 버킷리스트가 뭔지 제대로 알기는 하고서 그런 말을 하는 거야? 버킷리스트는 삶이 힘들어 죽고 싶을 때, 죽기 위해서 바스켓을 거꾸로 뒤집어 놓고 올라섰을 때, 목매달고 죽기 전에 꼭 해봐야 하는 것들을 말하는 거야. 자기처럼 그렇게 살면서 이것저것 다 즐기면서 하는 게 아니라. 내가 취미 생활 안 하고 싶어서 안 하는 줄 알아? 안 하는 게 아니라 못 하는 거라고. 하고 싶어도 시간도 없고 돈도 없어서 못 하고 사는 거라고. 이 바보야. 내가 하고 싶은 게 왜 없어? 어렸을 때부터 가난해서 못했던 피아노도 배우고 싶고, 그림도 실컷 그리고 싶어. 내가 그렇게 되고 싶었던 작가도 되고 돈 많이 벌어서 북 카페도 차리고 싶어. 내가 그런 것들을 왜 못 하고 사는지 정말 몰라?'

그렇게 퍼부어주고 싶었다. 하지만 차마 입 밖으로 꺼내지 못했다. 그런데 이 남자 그 콘서트 다녀와서 일을 저질렀다. 원동기 면허 시험을 보겠다고 학원 등록을 했단다. 125CC인지 뭔지 그 이상의 오토바이를 타려면 자동차 면허 말고 원동기 면허가 있어야 한다고 했다. 그리고 지금 경기가 이렇게 계속 나빠지면 다른 일을 해야 할 수도 있으니 원동기부터 시작해서 대형 면허도 준비하고 차츰 단계를 밟아서 나중엔 트레일러 면허까지 준비하겠다고 했다. 학원비가 비싸니 일단 원동기부터 따놓으려고 한다고 했다. 왜 하필 위험하게 운수업이냐고 생각했지만 그래도 불안한 미래를 준비하려는 마음을 먹었다는 것만으로도 기특하다 생각했다. 하지만 이젠 안다. 대형 면허니 뭐니 다 핑계일 뿐이었고 목적은 원동기 면허 하나였다는 것을. 그냥 면허만 준비한다던 그는 면허를 따고 바로 다음 주에 오토바이를 계약했고 직접 부산까지 가서 오토바이를 타고 자동차 전용 도로가 없는 국도로 돌고 돌아서 거제까지 다섯 시간이 넘게 걸려 한밤중에 도착했다. 황당해하는 내게 그가 그랬다.

"김미경 강사가 그랬잖아. 상의하지 말라고, 자기 꿈은 자기가 꾸는 건데 왜 물어보냐고, 그냥 하라고."

정말 그랬다. 상의하지 말라고 그랬다. 그런데 그렇게 상의하지 말고 하는 건 내 꿈을 말하는 거였지 당신 꿈을 말한 게 아니었다고요. 아이쿠. 머리야. 남편은 주말이면 새벽같이 일어나 동호회 사람들과 바이크를 타고 통영에도 다녀오고 전라도도 다녀왔다. 평소에 출근할 때는 그렇게 깨워도 안 일어나는 사람이. 이젠 오토바이에 캠핑 장비를 실어 '쏠캠'을 간다고 또 장비를 샀다. 그리고 또 한 번 다녀오고는 이제 안 간다. 여름엔 덥다고, 겨울엔 춥다고. 그렇게 그 장비들은 배낭에 그대로 들어 앉아 서재 책상 옆에 24시간 대기 중이다. 언제 갈지 모르지만. 이젠 시간이 없다고 못 가겠지? 그를 거기에 데리고 가는 게 아니었는데…….

그렇게 2016년이 되었지만 산유국들의 원유 초과 공급과 중국 경제 둔화 등의 악재 속에 국제 유가는 배럴당 20달러대 수준까지 떨어졌고 작년에 이어 올해도 추가로 10퍼센트 연봉이 삭감되었다. 그사이 1년을 넘게 한 프로젝트를 잘 마무리해준 학교 후배도 새로운 프로젝트가 시작되기 전에 일을 그만두었다. 대전 연구소에 있던 직원들도 더는 따로 연구소를 꾸릴 수 있는 상황이 못 되어 연구소를 접고 거제 지사로 합쳤다. 그렇게 여름이 다가오는 동안 S중공업에서 진행 중이던 마지막 프로젝트도 끝이 났다.

더 이상의 도면 업무는 수주가 되지 않았고 회사에 남은 일은 울산 H중공업에서 들어오는 구조해석뿐이었다. 하지만 구조해석을 하던 몇몇 친구들도 경영난에 허덕이는 회사를 미련 없이 떠났고 그 바람에 그 일들은 자연스럽게 도면팀으로 넘어왔다. 하지만 해석팀에서 뒤늦게 도면팀으로 넘어온 업무는 모든 일정이 납기를 지나 있었고 교육해줄 사람도, 시간도 없었다. 무조건 엑셀 시트에 있는 수식을 하나하나 뜯어가며 분석해내야 했다.

2월부터 예고 없이 한 달분씩, 반 달분씩 밀리기 시작한 월급은 연말이 다가오는 10월까지 남편과 내 월급을 합해 2천만 원을 훌쩍 넘기고 있었다. 게다가 친정 아버지께서 쓰러지셔서 입원을 하시는 바람에 부득이 11월 한 달 무급 휴가를 신청하고 아버지 옆을 지켜야 했다. 하지만 12월에 복직을 했을 때도 회사 자금 사정이나 일의 흐름이 바뀌지 않았다.

그런 분위기에서 송년회 자리가 있었다. 그 자리에서 이사님은 일을 잘하던 후배가 대학원을 졸업하고 우리 회사에 오기로 약속을 했었지만 자금 사정상 오라는 말을 못 했다고 씁쓸해하셨다. 그 말에 내가 자리를 내주어야 한다고 생각했다.

경영주의 입장에선 나보다 저임금에 나보다 일 잘할 수 있는 사람을 데려다 쓰는 게 맞다. 게다가 잘 알지도 못하는 일을, 그것도 안전을 담보해야 하는 일을 하면서 제대로 된 교육 없이 계속 한다는 건 '무면허 시술'과 전혀 다를 바 없었다. 남편과 상의 끝에 12월을 마지막으로 10년 7개월 만에 일을 그만두기로 했다.

퇴사 그리고 재취업

2017년 1월 2일 마지막 출근이다. 지난해까지 하고 있던 일과 관련된 자료 접수가 늦어지는 바람에 어쩔 수 없었다. 일을 마무리하고 최종 리포트를 H중공업으로 보냈다. 그리고 그 작업을 하는 동안 접수했던 데이터베이스와 입력 하중 조건, 그리고 최종 계산 결과에 대한 리포트가 나온 근거를 모두 정리해서 부장님께 넘겼다.

10년이 넘는 시간을 머물렀던 곳이었지만 10년 동안 함께했던 동료들은 초기에 공동 투자로 시작하셨던 이사님과 부장님을 빼면 남은 사람은 남편뿐이었고 몇 안 되는 다른 직원들은 모두 최근에 합류한 사람들이었다. 마지막까지 혼자인 느낌이었다. 함께 열심히 땀 흘렸던 후배도 다 나가고 가장 최근에 경력 사원으로 합류한 후배와 남편에게 무거운 짐을 지우고 떠나는 것 같아 쓸쓸했다.

일을 그만두었지만 맘 놓고 쉴 수 있는 입장이 아니었다. 밀린 급여를 언제 받을 수 있을지도 모르는 상황이었고 남편도 거

175

기서 얼마나 더 버틸 수 있을지 몰랐다. 내가 일을 그만둔 가장 큰 이유는 회사가 경영난에 허덕이고 있었기 때문이지만 권고사직을 당한 것이 아니었기에 실업 급여도 받을 수 없었다. 준우도 올해는 중학교에 입학하고, 내년이면 은우도 고등학생이 되기에 이대로 일을 그만둘 수가 없었다. 바로 다음 날부터 이력서를 업데이트하고 자기소개서를 썼다. 구직 등록을 하면서 찜찜한 두 가지가 맘에 걸렸다. 평생 따라다녔던 '학력과 영어'가 해결되지 않으면 지금까지 해왔던 경력을 인정받으면서 새롭게 일할 수 있는 곳을 찾기는 정말 어려워 보였다. 언젠가 후배들 면접 때문에 교수님을 뵀을 때 흘려들었던 '학점은행제'를 떠올렸다.

부랴부랴 인터넷을 통해 학점은행제로 학위를 딸 수 있는 방법을 찾아보았고 교수님의 말씀처럼 가지고 있는 '산업학사'와 '산업기사 자격증'만 가지고도 전공 점수는 차고 넘쳤다. 단지 학점을 등록하는 데 드는 돈이 필요했고 기본 이수 학점 중 교양과목 11학점이 모자라는 상황이었다. 솔직히 이 일을 그만하고 싶었지만 이제 와서 다른 일을 찾기는 더 어려웠고 이 일을 계속하기 위해선 필요한 학위였기에 어렵게 남편에게 말을 꺼냈다.

"어차피 이 일을 계속할 거라면, 할 수 있을 때 하면 좋지만 네가 힘들지 않겠나? 그동안 네가 번 돈을 생각하면 그 정도는 아무것도 아니고 또 밀린 월급 들어오면 그거는 다 해결될 거야. 하고 싶으면 해야지."

'하고 싶으면? 하고 싶은 건 아니지만 해야만 하니까 하는 거라고…….'

그랬다. 하고 싶은 건 절대 아니었다. 이제는 공부할 머리도 안 돌아가지만 하고 싶은 공부가 적어도 기계공학은 아니었다. 내게 필요한 건 단지 학위뿐이었다. 여러 교육원을 비교하고 여러 강좌를 검색해가며 그나마 조금이라도 저렴한 가격으로 들을 수 있는 수업으로 신청했다. 평생교육진흥원에 학습자 등록도 하고 성적증명서와 졸업증명서를 등기로 보내고 3월부터 시작되는 강의를 기다리는 일만 남았다. 일단 마무리해야 할 일을 정리했다는 생각에 한편으로 마음이 좀 홀가분해졌다.

하지만 재취업을 위해 '워크넷'과 '사람인'을 오가며 구직활동을 이어갔다. 때마침 가까운 곳에서 구조설계 엔지니어를 구하고 있었다. 물론 4년제 이상의 졸업장이 필요한 곳이었지만 무작정 입사지원서를 보냈다. 날이 갈수록 지원자 수는 급격하게 늘어 195명이라는 숫자가 집계되던 날 면접 제의가 들어왔다. 예상대로 학력 조건이 지원 요건에 부족한 면이 있지만 보유하고 있는 자격증과 경력으로 서류 면접을 통과할 수 있다고 했다. 마치 비오는 날 창밖 풍경을 담으려다 초점을 잃고 희뿌옇게 흩어진 사진에 담긴 빗방울에 더 마음을 빼앗겼던 것처럼, 아무런 기대 없이 툭 던져놓았던 이력서 한 장이 빛을 발하는 순간이었다. 2차 면접까지 진행된 평가 과정 중에 최종학력과 영어가 발목을 잡긴 했지만 우여곡절 끝에 6개월 계약직으로 채용이 결정되었다.

이대로 괜찮을까?

불과 한 달 반 만에 새로운 직장에 다시 출근했다. 내가 맡게 된 업무는 '해상풍력발전기'를 설치하기 위한 선박을 제작하는 일이었고 그 과정에 필요한 도면 작업과 구조해석을 하는 일이었다. 한전에서 올라온 국제 입찰을 준비하는 상황이었는데 마감이 한 달밖에 남지 않은 상황이었다. 입찰 제안서에 들어가야 하는 도면과 구조해석 결과가 필요했지만 사내 설계팀에서 지원받아 일을 진행하기엔 시간과 인력이 턱없이 부족했고 무엇보다 결과물이 좋지 않았다. 출근한 지 며칠 되지 않아서부터 시작된 야근과 특근은 피할 수 없는 숙명과도 같았다. 하지만 이전 회사에서처럼 면허 없이 메스를 들어야 하는 경우는 없었고 상무님을 통해 배우는 재료역학 수업은 재미도 있었다. 다행히 상무님도 내가 만들어내는 결과물에 크게 만족하셨다.

하지만 그렇게 열심히 준비했던 한전 입찰은 공시 마감 하루 전날 무산되고 말았다. 임원 회의에서 결정된 사항이라 자세한 내막은 알 수 없었지만 협업을 약속했던 공장에서 낙찰

되지도 않은 일에 대해 거액의 돈을 요구하면서 무산됐다는 소문이 돌았다. 지난 한 달 동안 밤낮없이 준비했던 일들이 하루아침에 허사로 돌아가고 말았다. 게다가 지난 2월에 내가 입사하기 전부터 특허 출원 등록을 했던 '해상풍력발전기 설치 선박'에 대한 특허청의 의견이 모두 거절로 나오면서 완전히 없었던 일이 될 것 같았다. 하지만 이후에 내가 특허청 의견서의 구체적인 거절 이유에 반박할 의견서와 보정서를 준비하는 일을 맡으면서 서울에 있는 '특허법인사무소'로 출장을 다녀오게 되었다. 특허청 업무는 생각보다 복잡하게 이루어져 있었지만 거절 이유로 제시된 인용 발명의 공개특허공보까지 일일이 살펴보고 반박문을 준비했고 그렇게 준비한 만큼 특허법인사무소 측에서도 보다 쉽게 준비를 해주었다.

3월부터는 본격적인 학과 수업도 병행해야 했기에 출퇴근 길엔 늘 이어폰을 끼고 수업을 들었고 점심시간에도, 퇴근 후 저녁을 준비하면서도 짬만 나면 수업을 들었다. 새로운 지식을 습득하는 일은 항상 재밌었다. 하지만 열심히 할수록 설계팀에선 내가 눈엣가시가 될 수밖에 없었다. 설계팀에서 해야 할 일을 내가 했던 만큼 팀 간의 논쟁거리가 생기기도 했던 것이다. 하지만 안타깝게도 6개월의 계약 만료가 다가오는 여름이 될 때까지 수행했던 많은 프로젝트는 단 한 건도 실적으로 이어지지 못했다. 지난 2015년부터 국제 유가의 폭락으로 조선·해양플랜트 시장에 불어닥친 한파는 한여름의 뜨거운 열기에도 쉽게 녹아내리지 않았고 갈수록 더욱 꽁꽁 얼어붙었다. 그로 인해 여름휴가를 앞두고 회사에서 중대 발표가 있었다. 지난 2년간 수주 절벽에서 단 한 건의 성과도 내지 못했던 많은 선배님들이 권고사직을 당했고 그분들 가운데는 직속상관이셨던 상무님이 계셨다. 지난 2월 면접장에서 처음 만나 여름휴가를 가기 전까지 6개월이 채 되지 않는 짧은 시간이지만 여러 프로젝트를 함께 수행하며 참 많이 도와주셨던 상무님이 하루아침에 거리로 내몰린 것이다.

상무님은 대한민국이 조선·해양 강국으로 세계 1위의 자리매김을 할 수 있었던 원동력인 H사에서 16년 동안 구조설계팀장으로서 여러 프로젝트를 수행하며 혁신적인 공법 개발에 앞장섰고, 필리핀과 말레이시아에서 부사장의 직함으로 다년간 경력을 쌓으면서 '미국 토목기술사'까지 취득하신 분이셨다. 그렇게 화려한 스펙을 자랑하셨던 분이 실직자 신세가 되었다. 상무님은 체념하신 듯 이제 더 이상 이 바닥에서 찾을 수 있는 먹거리는 없다고 하셨고 상무님을 그 자리에 있게 만들었던 모든 자료들을 내게 등 떠밀듯 넘기고 떠나셨다. 남은 인생 새로운 자리를 찾을 거라 하시며 초등학교 동창이 한다는 싱크대 사업을 배워서 자기 사업을 시작하겠다고 하셨다. 물론 지난 1년 사이 그는 짧은 방황을 끝내고 송충이는 솔잎을 먹어야 한다며 조그만 설계 사무실을 내시긴 했지만 나는 거기서 머지않은 나의 미래를 보았다.

나의 스펙이야말로 이분에 비하면 아무것도 아닐 수 있지만 그래도 내가 담당해왔던 공사설계 분야에서는 내 이름 석 자로 믿음을 심어줄 수 있었고, 그래서 상무님께 최고의 엔지니어가 될 수 있다는 가능성을 인정받으며 실력을 키워왔다. 두 아들의 엄마이며, 한 남자의 아내로 우리 가족의 미래를 함께 책임지면서도 내가 하는 일에 있어서 최고가 되기 위해 정말 열심히 살았다. 어린 시절 가난 때문에 대학을 포기했었지만 온전한 나의 노력과 가족들의 응원으로 지난 3월부터 준비했던 학점은행제를 통해 기말고사에 중간고사, 과목별 과제 제출까지 정말 최선을 다했다. 그리고 드디어 8월 학기에 기계공학 학사학위를 받게 되었다. 하지만 그렇게 힘들게 받은 학위는 그저 시간과 돈으로 맞바꾼 종잇장에 지나지 않았다.

현실은 너무나 냉혹하고 참담했다. 나의 미래는 암흑에 쌓였고 더는 희망이 보이지 않았다. 더군다나 같은 직종에 근무하던 남편도 지난 6월부터 무급 휴가 중이었지만 근무하던 회사가 결국 경영 악화로 거제 사무실을 접고 부산 본사로 통폐합이 되면서 자연스럽게 실직자가 되었다. 작년까지 남편과 내가 같이 출근하면서 10년 넘게 꾸려왔던 회사였는데 경영 악화로 밀린 급여는 아직 받지도 못했다.

그 와중에 나는 이직한 회사에서 어느새 6개월이란 계약 기간 만료를 앞두고 있는 상황이다. 그나마 여러 협력사들과 함께 진행 중이었던 국책 과제에 참여 연구원 자격으로 한국 엔지니어링 협회에 등록되었고 그 일의 성사 여부에 따라 재계약 여부가 갈리는 위기에 처했다. 그러나 그 국책 과제는 국내 조선 빅3 중 하나인 D조선과 함께하는 프로젝트로 S은행의 정부 지원금에도 부채 비율이 줄어들지 않는 현실에 부정적인 결과를 가져올 수밖에 없는 상황이었다. 지난겨울 내내 아이들과 촛불을 들어 우리 국민의 손으로 일궈낸 문 정부가 들어서면서 좀 더 투명해진 정재계의 행보에 박수를 보냈지만 애석하게도 정부가 바뀌면서 국책 과제는 무산되고 말았다. 자의든 타의든 국책 과제 수행에 브레이크가 걸리면서 계약 연장이 불투명할 수밖에 없었다.

6.

마흔셋, 퇴준생

우리, 데이트할까요?

몇 해 전 금융 위기를 겪은 직후 더 이상 설계 일은 못 해먹겠다며 사직서를 제출하고 통영에서 옷가게를 하는 언니가 있다. 결혼도 하지 않고 싱글로 살면서 시즌만 되면 무주로, 명절같이 긴 연휴엔 해외로 가는 비행기에 몸을 실었던 부러운 선배였다. 그렇게 화려한 인생을 즐기던 선배를 오랜만에 만났는데 반갑게 맞아주는 그녀의 이면엔 그늘이 가득했다. 그 사이 수년간 암으로 고생하신 어머니 병 수발을 혼자 감당하면서 언니도 철이 많이 들었다. 요즘 경기가 이 모양이니 옷가게도 예전만 못했고, 그렇다고 다시 설계를 할 수 있는 상황도 아니었다. 그래서 찾은 대안이 소위 '네트워크 마케팅'이었다. 그녀는 현실을 도피하기 위해, 그러나 결코 헛된 꿈이 아니길 기대하는 마음으로 마르지 않는 샘물을 찾았다고 했다. 그렇게 한 시간 넘게 그 사업 설명을 들어주는 것으로 우리의 만남은 끝이 났다.

1주일이나 되는 여름휴가 내내 이력서를 업데이트했고 자기소개서를 수정하기에 바빴다. 짧지만 강렬했던 여름휴가를 끝내고 다시 출근하던 날 사무실에 흐르는 기류는 심상치 않았다. 변화의 물결 한가운데서 소용돌이치는 거센 파도가 요란하게 출렁이고 있었다. 권고사직으로 비워진 임원들의 자리는 사업 부문의 축소를 말해주었다. 더불어 새로운 팀원들이 구성되었고 나 또한 새로운 조직으로 배치가 변경되었다. 옮긴 자리는 영업1팀 소속 프로포잘 파트, 그야말로 이도 저도 아닌, 설계도 영업도 아닌, 한마디로 동네북이 될 수밖에 없는 자리였다.

그 와중에 인사팀장님의 호출이 있었다. 재계약에 대해 말씀하셨고 추가 계약 6개월이라는 카드를 꺼내 드셨다. 국책과제는 물 건너갔지만 같은 팀원이 되신 부장님과 차장님 들의 강력한 요청에 의해 재계약이 될 수 있었다고 하셨다. 그렇게 나는 다시 6개월이란 시간을 벌었다. 내게 주어진 6개월이 어떤 시간이 될지 아무것도 모른 채 나는 계약서에 날인했다.

그렇게 한 주가 지난 뒤 나는 시어머니가 계신 진주를 향해 달려갔다. 점심 먹을 시간이 다 되어 도착했고, 어머니께서 준비해 놓으신 장어탕에 몸에 좋은 야채로 가득한 어머니표 식단으로 함께 식사를 했다. 오랜만에 맛난 거 사드린대도 집밥이 더 좋다고 하시며 뭐하러 밖에서 돈 쓰냐고 굳이 밥상을 내어 오셨다. 그렇게 시작된 어머니와의 밥상 앞에서 애비는 어떻게 지내고 있으며 애들은 또 어찌 지내는지 이야기보따리를 하나씩 풀었다.

"어머니, 우리 차는 근사한 곳에 가서 마셔요. 블로그에 진주 명소라고 소개된 카페가 있는데 너무 예쁘대요. 날씨도 좋은데 우리 상 치워놓고 나가서 데이트해요."

"그래? 어디?"

"내비가 잘 데려다줄 거예요. 얼른 나서요."

"알았다. 함 가보자. 나간 김에 시내에 마트가 생겼다던데 거기도 가보고. 암만해도 거제보다는 안 싸겠나? 그자?"

"예. 얼른 가요."

내비게이션의 안내를 받아 도착한 곳은 밖에서 보았을 땐 오래된 성당 같은 느낌이었지만 안으로 들어가 보니 동화 속 세상에 온 것 같은 분위기였다. 갓 볶은 커피 향이 구수하게 퍼지는 시원한 공간에서 따뜻한 차를 마시며 못 다한 이야기를 풀었다. 내가 진짜 하고 싶었던 일과 묵혀두었던 내 꿈에 대한 이야기…… 어머니도 열아홉 어린 나이에 아무것도 모르고 시집와서 꿈이라는 거 하나 없이 평생 자식을 위해 희생하며 살아오셨던 터라 누구보다 내 마음을 잘 이해해주실 거라는 믿음이 있었다. 그렇게 내가 진짜 하고 싶은 일에 대해 이야기를 꺼냈다.

"어머니, 근데 진짜 제가 할 수 있을까요? 하고 싶은 것도 맞고, 해야 할 이유도 충분한데 제가 하고 싶다는 의지만 가지고 되는 일은 아닐 테니……."

그러자 어머니는 어느 노스님의 말씀을 전해주셨다. 사람들은 누구나 마음속에 흰둥이와 검둥이를 키우고 있는데 이들이 싸우면 내가 밥을 준 놈이 이긴다고 한다. 그러니 이왕이면 내가 이기기를 바라는 흰둥이에게 먹이를 주면 된다. '잘될 거야, 잘될 거야.' 하면 잘되게 되어 있다고……

내 꿈은 어디에

이 팀에서 내가 해야 할 일은 오롯이 혼자 감당하기 어려운 일들뿐이었다. 견적 요청서가 들어오면 설계팀이 아닌 내게 먼저 물량 산출에 대한 의뢰가 들어왔고, 물량 산출을 할 수 있는 근거라곤 수십 페이지에 달하는 'Specification Sheet(설계 기준서)'뿐이었지만 이를 파악하는 데만도 1주일 이상 걸리는 상황이었다. 하지만 내게 주어진 시간은 길어야 3일, 보통 하루 이틀 안에 정보를 주어야 그 결과를 바탕으로 견적 금액을 산정하고 입찰에 참여할 기회를 잡는다. 때문에 그런 일은 원래 기본적인 데이터베이스가 있어야 하고 그 근거를 바탕으로 물량을 산출해야만 큰 손실이나 과다 설계 없이 오차 범위 안에서 실행할 수 있는 견적을 뽑을 수 있다.

그런데 우리 회사는 그러한 데이터베이스가 없었고 스펙을 일일이 반영할 시간이 없으니 개괄적인 큰 덩어리들만 반영해서 구조해석하고 그 결과대로 자재 사이즈를 정해 필요한 건물 사이즈에 맞춰 물량을 뽑아내기에 급급했다. 그마저도 개괄적인 해석의 근거를 보장해줄 수 있었던 상무님이 퇴사하면서 아무도 보장해줄 수 없는 일이 되었다. 결국 그렇게 해석된 결과는 나 혼자 책임지기엔 역부족이었다. 때문에 설계팀과의 협업이 필요했지만 파트장님은 오히려 설계팀에서 보내온 정보를 믿을 수 없으니 내게 검증을 하라고 하셨고 그렇게 검토된 물량 차이는 설계팀의 신뢰도에 지대한 악영향을 줄수밖에 없었다.

그 와중에 상무님께서 퇴사하기 전부터 부산에 있는 H대학교와 컨소시엄을 구성해서 용역 형태로 참여하게 된 국책과제가 진행되었다. 그 과제는 동남아 쪽에 있는 해양플랜트여러 기를 해체하는 프로젝트였고 본격적인 과제 진행을 위해TF팀이 꾸려졌다. 상무님이 계실 때 내가 구조해석 연구원으로 등록되었던 사업이라 TF팀에 함께 참여해줄 것을 요청받았다.

그러나 구조해석의 기준을 잡아주셔야 할 상무님이 계시지 않은 상황에서 내가 모든 것을 책임지면서 그 일을 수행할수는 없었다. 내가 그 일을 한다는 건 말 그대로 '무면허 시술'과 별반 다를 게 없는 상황이었다. 하여 책임을 다할 수 없는상황에 대해 팀장님께 보고를 드렸지만 내 말은 무시되었다.결국 사직서를 쓰기로 결심했지만 내가 회사를 그만둔다고 해결되는 상황도 아니라 별도의 해석을 수행하기 위한 협력사와추가 계약을 하면서 그 업체에서 납품되는 최종 보고서를 검토하고 관리하는 방향으로 다시 일을 진행하게 되었다.

회사의 상황은 계속 악화되어 결국 10월부터 12월까지 전 직원이 돌아가면서 1개월의 무급 휴가를 의무적으로 시행했다. 우리 파트에선 계약직이었던 내가 가장 먼저 휴가에 들어갔다. 다가오는 2018년 4월에 코스닥 상장의 결실을 기대하고 있었지만 그사이 적자를 기록하게 된다면 지난 4년이 수포로 돌아간다는 이유였다. 휴가를 다녀왔지만 오히려 긴축재정에 들어가면서 상황은 나아질 기미가 보이지 않았다. 직원들의 불안감만 더 커졌고 그러는 동안 다른 회사로 이직하는 직원들도 늘어났다. 나 또한 휴직 기간 내내 복직이 안 될 수도 있다는 염려에 이력서를 업데이트하고 무료 교육을 찾아다니며 꿈을 쫓아다녔다.

불안한 현실

그사이 해체 사업에 관련된 프로젝트는 현장 조사 마무리 단
계에 있었고 접수된 정보를 바탕으로 본격적인 보고서 작성에
돌입했다. 하지만 내가 자리를 비운 사이 내가 했어야 할 구조
해석과 관련된 업무는 전혀 진행되지 않은 상태였다. 한 달 동
안 밀린 일을 한꺼번에 몰아서 하느라 매일 밤마다 혼자 사무
실을 지켰다. 그 일은 TF팀에서 진행하던 프로젝트로 인도네
시아에서 예정되어 있는 '내셔널 포럼'에서 발표할 보고서를
준비하기 위한 일이었고 덕분에 소속팀에서 내가 해야 할 일
은 설계팀으로 바로 넘어가게 되었다. 본의 아니게 팀 내에선
내가 또 눈엣가시가 된 듯했다. 시간이 갈수록 나는 우리 팀에
서 투명인간이 되고 있었지만 TF팀 일만 가지고도 정신없었
던 탓에 크게 신경 쓸 겨를이 없었다. 게다가 계약 만료일이
프로젝트 보고서를 납품하는 날을 이틀 지난 시점이었기에 연
장 계약이 될 가능성도 희박했다.

청명한 가을 하늘이 이내 겨울바람을 몰고왔다. 시간이 흐
를수록 보고서도 두꺼워졌다. '내셔널 포럼'에 참석하기 위해

난생 처음으로 해외 출장도 다녀왔다. 처음 겪어보는 낯선 세상이었지만 그들도 우리와 크게 다르지 않음을 느낀 좋은 기회였다. 포럼은 보고서에 대한 중간 발표였으므로 이후 스케줄이 더 바쁘게 진행되어야 했는데 관련 업무를 맡은 동료들이 무급 휴가를 가면서 결국 설계팀 업무도 내가 마무리해야 했다. 하지만 설계팀장님이 따로 계셨던 만큼 내가 모든 일을 결정할 수는 없는 문제였고 그 때문에 원활한 업무 진행이 어려웠다. 시간이 갈수록 사무실에 흐르는 기류에 이상기온이 감지되고 있었다. 전 직원들의 무급 휴가가 순차적으로 돌았지만 그럼에도 추가 수주는 일어나지 않았고 오히려 일 좀 한다 하는 친구들은 그 기회를 이용해서 이직했다.

사람들은 불안한 미래에 대비하기 위해 '비트코인'에 열광하기 시작했고 파트장님은 쿠웨이트에서 들어온 견적 건으로 늦게까지 잔업을 하시면서도 온종일 '뭐가 얼마나 올랐네. 어제 그걸 더 샀어야 했는데, 진즉에 팔았어야 했는데, 이제 안 팔려 큰일이네……'라는 말씀을 하셨다. 치열하게 지난날을 살아냈지만 평생직장도 평생직업도 없는 오늘의 현실은 4차 산업혁명이다 뭐다 해서 불안한 미래에 대한 두려움만 안겨주었고 결국 허망한 꿈을 쫓아가게 만들었다. 그렇게 2018년 새해가 밝았다. 새로운 일자리를 찾던 남편도 예정되었던 일에 브레이크가 걸리면서 당장 할 수 있는 일이 없었고 새로운 일이 수주될 때까지 한 달이 될지, 두 달이 될지 모를 무급 휴가에 다시 들어갔다.

새해가 밝은 지 벌써 9일이 지났다. 내일이면 남게 될지, 새로운 자리를 찾아 떠나게 될지, 어떻게든 결론이 나겠지만 오늘 아침 많은 임직원들 사이에 흉흉하게 돌고 있는 루머에 대해 처음으로 팀장님이 말씀을 꺼냈다. 해양플랜트를 비롯한 조선·해양산업 자체가 흔들리기 시작하고 2년이란 긴 시간을 겨우 버텨왔지만 앞으로의 전망은 어두웠다. 다 같이 표류할 수 없으니 다시 배를 띄우기 위해서는 어쩔 수 없는 선택이 필요한 시점이다.

"새해 벽두부터 '찌라시' 많이 돌아서 다들 알고 계시죠? 저는 그래도 제가 지금까지 겪어본 회사 중에 이렇게까지 밝은 사람들은 처음 본 것 같아요. 누군가는 어디서 책상에 볼펜 찍고 그럴지 모르겠지만, 우리는 언젠가의 헤어짐을 전제로 만났으니 언제가 되느냐의 문제지 어차피 예견되었던 겁니다. 내일 발표가 될지 아니면 워낙에 진동이 커서 며칠 더 기다려야 될지 모르겠지만 헤어지게 될 사람도 있을 것이고 다른 팀으로 이동하는 사람도 있을 것이고 또 계속 같이 더 봐야 하는 사람들도 있겠지만 우리는 어떻게든 살아갈 것이고 또 어떤 기회가 여러분 앞에 올지는 아무도 모르는 것입니다. 남는다고 해서 더 행복하지만은 않을 것으로 봅니다. 저는 이미 사표를 던진 상태지만 그렇다고 세월호 선장처럼 혼자 살겠다고 먼저 도망가지는 않을 테니, 내일부터 개인 면담도 할 계획이고 뭐든 차근차근 준비하면 됩니다. 저도 올해로 쉰하난데 대학 다니면서 재미로 아르바이트 했던 거랑 이래저래 다 합치니 그동안 옮겨 다닌 회사만 스무 곳이 넘더라고요. 그래도 할 수 있는 일이 있고 뭐를 해도 살 수 있다고 생각합니다. 여러분들은 저보다 다 젊으니까 더 기회가 많을 거고요."

'찌라시'라는 게 정확성이 떨어진다는 걸 알고 있고 거기에 대해 확인할 수 있는 말씀을 해주실 거라 생각했지만 확실한 사실은 알 수 없었다. 오히려 그 흉흉한 소문이 거짓은 아님을 확인한 셈이다. 자리로 돌아왔지만 일이 손에 잡힐 리가 없다. 그렇다고 아무것도 안 할 수도 없다. 작업하던 도면을 띄워 놓고 이 생각, 저 생각, 이리 재고, 저리 재고…… 처음부터 잘못된 도면을 가지고 바르게 고치려고 하니 하나도 맞아떨어지는 것이 없었다. 그렇다. 첫 단추가 잘못 끼워지면 아무리 다음을 수정하려 해도 맞을 수가 없다. 결국 첫 단추를 다시 옮겨야하는 거였다.

뒷자리에 계신 안전 관리를 담당하시는 과장님이 내게 말을 걸어왔다.

"과장님은 일이 돼요? 신기하네. 이런 상황에 일을 생각하고 있다는 게 정상일 수 있는 거예요?"

"그럼, 안 하면 뭐할까요? 이거라도 할 게 있으니 하는 데까지는 해보는 거죠."

"진짜 대단하시다."

"이런 상황에도 해야 할 일이 있다는 게 좋은 거 아닐까요?"

'진짜 속도 모르고 첫 단추 다시 끼워야 한다는 생각을 하고 있는 내게 대단하다니…….'

과장님과 이런 저런 대화를 나누며 서로 고민을 토로했다. 이대로 그만두어야 할지, 임금이 삭감되더라도 그대로 남아 있어야 할지 불안한 미래를 눈앞에 두고 모두가 고민이었다. 자신의 꿈이 뭔지도 모르고 아이들을 키우면서 아등바등 사는 것이 지금 우리네 삶이었다. 만약에 잘리면 또 '나는 어디서 어떻게 시작해야 하지?' 하는 불안으로 하루하루를 채우고 있는 것 같았다.

나 역시 그와 다르지 않다. 큰아들이 이제 고등학생이 되면서 전에 없던 등록금 부담에 교복도 맞춰야 했고, 입시 경쟁에서 살아남을 수 있게 하려면 머지않아 학원도 보내야 할 것이다. 재작년부터 임금이 삭감된 데다 작년엔 이직에 이어 무급휴직까지 그동안 겪은 고통도 만만치 않았는데 이번 직장까지 그만두게 되면 당장 뭘 해먹고 살아야 하는지…….

배운 게 도둑질이라고, 할 수 있는 일이라곤 도면 그리는 거밖에 없는데 이 나이에 나가면 더는 받아주는 곳도 없을 테고, 이제 진짜 식당에 설거지라도 하러 가야 하지 않을까? 그런데 그런 자리라도 내가 일할 수 있는 곳이 있을까? 그렇게 일을 하더라도 지금까지의 수입을 맞추기 어려울 텐데…….

저축이나 소비를 줄여야 하지만 이미 줄일 수 있을 만큼 줄인 상태에서 더 이상 어떻게 줄이지? 이제는 진짜 저축해놓은 돈을 빼먹고 살아야 하는데 벌써 그래버리면 우리 애들 대학 등록금은 어떻게 준비하고 우리 노후 준비는 대체 무엇으로 해나갈 수 있다는 걸까? 정말 대책이 없다.

그렇게 걱정을 하다 또 퇴근 시간이 돼버렸다. 무급 휴가 중인 남편에게 뭐라고 얘기해야 할지, 남편은 이 상황을 어떻게 받아들일지, 어차피 2월이면 계약 만료인데 무슨 대단한 차이가 있다고 이런 고민을 하는 건지 모르겠다. 이런 현실에서 내가 꿈을 쫓아간다면? 정말 그래도 될까?

'그래. 여태 치열하게 잘 살아냈으니 이제 진짜 하고 싶은 거 하고 살아도 돼'라고 말해주면 좋겠다. 누구든…….

새 치즈

업무 시간을 그렇게 꿈 찾는 이야기로 어영부영 보냈다. 나는 내일 과연 어떤 이야기를 듣게 될까?

사실 난 내심 권고사직을 받기 바라는 마음이 크다. 입사한 지 얼마 되지 않아 겪게 되는 위기라 그런지 더 이상 미래가 보이지 않았고, 내가 잡고 있는 줄이 썩은 동아줄일 수 있다는 생각이 들었다. 물론 지금 하고 있는 일은 수주만 된다면 블루오션으로 떠오를 수도 있는 일이지만 인도네시아 정부가 돈을 마련해야 가능한 일이므로 우리 능력만으로 성사될 수 있는 건 아니었다.

은우 방에서 뭔가 웅성웅성 소리가 들린다. 좀 전에 분명 자러 간다고 인사했는데, 무슨 소리지? 아들 방문에 귀를 쫑긋 세우고 가만히 들어보았다.

"생쥐와 꼬마 인간은 매일 미로 속에서 그들이 가장 좋아하는 치즈를 찾아다녔다……. 미로는 많은 복도와 맛 좋은 치즈가 있는 방으로 복잡하게 얽혀 있었다. 어두운 모퉁이와 막

다른 길도 있었다. 누구든지 길을 잃고 헤매기 쉬운 곳이었다. 그러나 길을 발견하기만 하면 더없이 훌륭한 삶을 즐길 수 있는 비밀이 숨겨진 곳이기도 했다."

'어라, 요 녀석 안자고 뭐하는 거지? 책을 다 읽고. 이건 『누가 내 치즈를 옮겼을까?』 아닌가? 이걸 지금 우리 아들이 읽는 거야? 기특하네. 근데 왜 눈이 아닌 입으로 읽는 걸까?' 싶었던 그때, 방안에서 소곤대는 들린다.

'이 늦은 시간에 누군가와 전화를? 설마 여친?' 여러 생각이 떠올랐지만 지금 더 관심 가는 건 그 책의 내용이었다. 사실 그 책은 내가 큰아들, 그러니까 지금 주절주절 읽고 있는 그 녀석이 내 뱃속에 있었을 때 읽었던 책이었다.

순간 뭔가 '번쩍' 하는 느낌이었다. 밀레니엄을 준비한다 어떤다 했을 당시에 엄청난 베스트셀러가 된 책이었는데 왜 가물가물하지 싶어 좀 더 듣고 싶어졌다. 나는 이내 노트북을 무릎 위에 올린 채 아들 방 문 앞에 퍼질러 앉았다. 그리고 아이가 들려주는 그 이야기 속으로 이내 빠져들었다. 내 손가락은 키보드 위에서 열심히 그 목소리를 받아쓰고 있었다.

— 변하지 않으면 살아남을 수 없다.
— 두려움을 없앤다면 성공의 길은 반드시 열린다. 걱정했던 것만큼 나쁘지 않다.
— 치즈 냄새를 자주 맡아보면 치즈가 상해가고 있는 것을

알 수 있다.

— 두렵지 않다면, 무슨 일을 할 수 있을까? 실제 두려움은
커다란 무게다.

— 일어나지도 않은 일에 대해 고민하고 있는 자신의 한없
이 초라해 보이는 모습을 발견하고 자신의 어리석음을
웃어넘기기 시작했을 때 변화할 수 있다.

이 책은 작가 스펜서 존슨이 들려주는 우화로 매일 아침 열심
히 치즈를 찾아다니던 네 주인공의 이야기다. C창고에서 자신
들이 좋아하는 치즈를 찾게 되면서 편안한 생활에 젖어들기
시작해 마음 놓고 행복과 성공을 즐기던 사이 이들의 자신감
은 어느새 오만함으로 변했다. 기분에 취해 치즈가 줄어들거
나 썩어가고 있다는 사실을 전혀 눈치 채지 못하고 어느 날 갑
자기 치즈가 보이지 않자 현실을 믿지 못하는 꼬마 인간 헴과
허, 그리고 언젠가 결국 이런 일이 일어날 것을 미리 감지하고
새로운 창고를 찾아 나선 생쥐 스니프와 스커리에 대한 이야
기다. 작가는 각자 다른 선택을 한 두 생쥐와 두 명의 꼬마 인
간을 통해 변화를 두려워하고 뒷걸음질 치는 우리들에게 두려
워하지 말고 도전하라고 이야기하고 있다.

이 이야기를 아들의 목소리로 그것도 오늘, 듣게 되다니.
가슴이 절절하게 사무쳤다. 엄마에게 내일 중요한 일이 있을
거라는 걸 미리 알았던 것처럼 이렇게 꼭 필요한 메시지를 알

려주다니…….

어느새 아들이 누구와 통화를 했는지는 관심 밖의 일이 돼 버렸다. 물론 나를 위해 읽어준 글은 아니었지만 아들의 목소리를 타고 흐른 메시지는 내 가슴에 커다란 울림을 남겼다.

나와 우리 회사 직원들, 나아가 우리나라의 조선·해양산업에 종사하고 있던 사람들이 들어야 할 이야기였다. 소위 잘나갈 때 그 흥에 취해 치즈가 떨어지는 줄도 모르고 발등에 불이 떨어지고 나니 '국제 유가가 떨어질 때부터 알아봤었어야 했는데……'라며 뒤늦게 후회하고 이제야 허둥지둥 뭐해 먹고 살아야 하나 걱정만 하면서 누군가가 치즈를 다시 가져다주길 기다리고 있는 꼴이었다.

이 네 주인공 중에서 나는 어떤 유형에 속할까? 다가온 변화를 수용하고 주저 없이 행동으로 옮긴 스니프와 스커리, 헛기침만 해대며 어찌할 바를 몰라 머뭇거리며 불평만 해대던 헴, 아니면 두려움 때문에 아무것도 할 수 없었던 자신의 어리석음을 웃어넘기며 변화에 대처하는 방법을 터득한 허?

설마 내가 헴의 무사안일주의에 빠져 있었던 건 아니겠지? 허의 교훈을 통해 많은 것을 변화시킬 수 있어야 한다. 적어도 헴은 아니고 싶다. 아니, 그 누구도 자신이 헴은 아니라고 말할 것이다.

가만히 돌이켜보면 나는 이미 작년 이맘 때 허가 되었다. 오래된 치즈에 핀 곰팡이를 걷어내보기도 하고 닦아도 보았지만 새 치즈가 되지 않는다는 것을 깨닫고 진즉 새 치즈를 찾아 나섰던 것이다. 큰맘 먹고 미로 속을 뛰쳐나왔는데 생각처럼 나쁘지 않았고, 의외로 운 좋게 새 치즈를 찾기도 했었다. 향 긋한 향에 끌렸고 그렇게 찾은 창고는 익숙했던 치즈가 있던 창고보다 더 크고 웅장했다. 하지만 새 치즈를 발견한 창고가 벼랑 끝에 서 있는 줄은 몰랐던 거였다. 지금 내가 있는 이 창 고는 곧 높은 파도에 휩쓸려 쓰러질지도 모른다. 그러기 전에 일부라도 살리려고 그나마 쓸 만한 치즈들을 선별해 안전한 곳으로 가려 하고 있다. 나는 파도에 휩쓸리더라도 더 멀리 가 볼 수 있는 벼랑 끝에 당당하게 설 것이다. 비록 그곳이 벼랑 끝이라도 내게는 이미 날개가 있으니까. 아직은 볼품없고 초 라해서 날아보기도 전에 곤두박질치기도 하고 그 과정에서 다 치기도 하겠지만 끊임없이 노력하고 준비하면 나도 언젠가 크 고 화려한 날개를 가질 수 있을 것이다.

내가 가진 날개는 아직은 내 꿈에 지나지 않는다. 꿈이 현 실이 되기까지 얼마나 많은 시간과 노력이 필요한지 몰라서 하는 말이 아니다. 그렇다고 꿈조차 없이 길바닥에 나앉을 수 는 없지 않은가? 남들이 봤을 땐 내가 세상의 모든 악재란 악 재를 다 가지고 있다고 생각할 수 있다. 아니, 내가 생각해도 그렇다. 하지만 지금은 꿈이라도 쫓지 않으면 내가 할 수 있는 것이 무엇일지 상상조차 되지 않는다.

나는 더 나은 삶을 위해 예전에도 그랬듯이 나를 발전시키려 끊임없이 노력할 것이다. 설거지를 하든, 청소를 하든 그 또한 내 꿈을 위한 밑거름이다. 내가 내 꿈을 포기하지 않는다면 말이다.

마지막 출근

드디어 오늘이다. 불편한 마음이 더 오래가기 전에 어떻게든 시원하게 빨리 발표되기를 기다렸지만 오전이 다 가도록 사무실은 조용했다. 그 누구도 열심히 일에 집중하지 못했지만 그 와중에도 분주한 분위기다. 그저 자신만은 아니기를 바라는 마음들로 온 세상의 중력을 다 모은 듯 침울함이 가득했다. 10시가 조금 넘어 설계팀장님이신 윤 차장님께서 오셨다. 지난해 말에 휴가 가신 후 개인적인 사정으로 오늘에야 첫 출근을 하신 터라 그동안 진행된 작업을 챙기기 위해서였다. 최종 납품된 보고서와 작업해놓은 도면 파일을 넘겨드렸다. 마무리되지 않은 일들이 많아 설명을 드리려고 했지만 들으려 하지 않았다. 차장님 역시 일을 하고 있는 내가 신기하다는 말씀뿐이다.

"정 과장님? 5분 뒤에 소회의실로 가시면 될 것 같아요."

전 차장님께서 내게 팀장님이 부르신다는 말씀을 전한다. 얼른 양치 도구를 챙기며 두근두근 설렘 반 두려움 반으로 떨리는 마음을 다잡는다.

"와, 눈이다. 진짜 눈이 오네요."

팀장님과의 긴 면담을 끝내고 나왔을 때 내 입에서 가장 먼저 튀어나온 말이다. 창밖으로 눈발이 날리고 있었고 나는 핸드폰을 챙겨들고 곧장 옥상으로 올라갔다. 거제에서 그렇게 보기 힘든 첫눈이었던 만큼 창문 너머로 보는 것으로는 만족할 수 없었다. 그런데 하늘을 올려다보며 한숨을 쉬고 있는 사람이 있었다. 설계팀에 계신 서 과장님이셨다.

"하아, 하늘도 이래 내 마음을 알고 분위기를 딱 맞춰주네."

"무슨 한숨이 그리 깊어요?"

"좋을 리가 있어요? 당연하죠."

"면담했어요? 어떻게 됐어요?"

"좀 전에 윤 차장님 갔다 왔고 저는 아직……. 근데 차장님은 가신대요."

"그래요? 그렇군요. 괜찮아요. 더 좋은 기회가 있을 거예요. 이런 상황에 당연한 거지만 저도 가요. 어쩌면 남은 사람이 더 힘들지도 모르겠어요."

"……."

더 좋은 기회가 과연 있을까? 적어도 여기선 아니다. 2018년이 밝은 후 문 대통령이 첫 행보로 거제도에 있는 D사를 방문하셨던 만큼 희망을 기대하고 싶지만 애석하게도 그 속에서 우리가 할 수 있는 일은 찾을 길이 막막하다. 나만 그런 게 아니다. 우리 모두 똑같은 현실에서 똑같은 고통 속에 살고 있다. 남는 자와 떠나는 자가 크게 다르지 않았다. 100여 명이 넘는 사람들이 퇴사를 하고 80여 명이 남는 조직에서 얼마나 더 버틸 수 있을지, 그들 역시 조금 연장되었을 뿐 2~3개월 이상 갈 수 있을까 싶다고 한다. 오히려 지금 가는 사람들은 그나마 한 달분이지만 위로금도 받고 퇴직금도 받을 수 있지만 나중에 나가면 그조차도 못 챙길 수도 있다고……. 소위 잘리는 사람들에 대한 위로의 말인지는 몰라도 남은 사람들의 말은 그랬다.

소회의실에서 노트북을 사이에 두고 팀장님과 마주 앉았다.

"많이 힘드시겠어요."

"뭐, 어쩌겠어요. 이런 거 하라고 회사가 나한테 월급 주는데……. 해야지."

멋쩍은 웃음을 사이에 두고 적막이 흘렀다.

"죄송하지만, 열심히 해주셨는데 이번엔 재계약을 못할 것 같습니다."

"아닙니다. 당연한 걸요. 괜찮아요."

"우리 팀이 모두 19명인데 그중에 6명이 남고 나머지는 다 가요."

그렇게 많은 사람들이 가야 한다는데 비정규직인 내가 어떤 이유로 남는다는 말인가. 그나마 기대할 수 있었던 것은 내가 진행 중이던 프로젝트 하나였는데, 설계팀 수장을 맡고 계셨던 분조차 남지 못할 상황이라면 더 할 말이 없는 것이다. 처음부터 새 치즈를 찾아나서는 것이 가장 현명한 판단이었다.

그렇게 이틀이 지나는 동안 나는 사직원에 날인을 했다.

'조선·해양플랜트 산업의 침체에 따른 경영 불황으로 회사의 사직 권고에 의하여 사직하고자 하오니 수리하여주시기 바랍니다. 주식회사 K 대표이사 ○○○'

업무 인수인계를 위해 설계팀의 양 과장님께 관련 자료와 잔여 업무에 대해 정리한 메일을 발송했다. 그리고 오늘, 드디어 마지막 출근이다. 무급 휴가 중인 남편과 방학 중인 아이들을 남겨두고 매일 새벽 혼자 눈을 떴다. 남편이 집에 있다는 것은 방학 중인 아이들의 먹거리를 걱정하지 않아도 된다는 믿음을 동반하기 때문에 그나마 가벼운 마음이었다. 그런데 오늘 아침 풍경은 평소와는 사뭇 달랐다. 욕실을 막 나왔을 때 침대 끝에 앉아 있는 남편 때문에 화들짝 놀랐다. 그는 이내 모닝커피를 끓여 화장대 위에 내려놓았다.

"오늘이 우리 마누라 마지막 출근하는 날인데 그냥 보내면 섭섭하지?"

여유 넘치는 미소와 함께 건네준 찻잔에 감사함을 담아 뜨끈한 커피를 마셨다. 얼마나 마음이 무거웠을까? 얼마나 걱정이 되었으면 평소 잘 일어나지도 못하는 사람이 깨우지도 않았는데 스스로 일어나 나를 챙겨주려 했을까? 마음이 짠하다.

2018년 1월인 오늘, 내가 사회 초년생이었던 1997년 11월 21일 우리나라가 IMF에 구제금융을 요청하고 벌써 20년이 지났다. 그 20년을 정말 열심히도 살았다. 그렇게 힘들게 아등바등했지만 나는 여전히 어렵고 힘든 세상을 살고 있다. 가난이란 내 삶의 질곡 속에서 벗어나기 위해 무수히 노력했다. 한때 잘나가기도 했지만 나의 노력과 상관없이 20년이 지난 지금 또 한 번 위기 앞에 서 있다. 나의 IMF는 끝나지 않았다. 아니, 우리 모두의 IMF는 여전히 끝나지 않은 진행형이며 첫 번째 IMF보다 더 힘든 공황 상태가 다시 오고 있는 만큼 우리 인생에서 두 번째 IMF를 살아가고 있다고 해도 과언이 아닐 것이다.

무엇 때문에 그렇게 열심히 살았음에도 불구하고 더 나아지지 못했을까? 2017년 11월 임창열 전 경제부총리는 모 일간지와의 인터뷰에서 현재의 한국 경제에 대해 "외환 위기는 일시적 급성질환이지만, 지금은 서서히 죽어가는 암에 걸린 상황"이라고 진단했다. 지금 이대로 두면 주력 산업이 무너져 다시 위기로 갈 수 있다고 경고한 것이다. 그는 우리가 IMF를 조기 졸업하면서 그 교훈을 제대로 이해하지 못하고 너무 빨리 잊어버렸다고 말한다. 나는 이 길을 당연히 극복할 것이다. 내 아이들의 꿈을 위해 행복을 희망할 것이다.

어쩌면 지난날 엄마의 사업 실패가 아니었다면 그 즈음 나는 다시 일을 해야 한다는 생각을 하지 못했을 수도 있다. 힘든 육아에 지쳐 남편이 벌어다 주는 월급에 맞춰 하루하루 현명한 소비를 위해 시장에서 콩나물 가격이랑 씨름하며 살았을지도 모른다. 하지만 나는 엄마의 잘못된 경제 활동에 제동을 걸고 동시에 친정 부모님의 생계까지 책임져야 하는 입장이 되었고, 때문에 4년이라는 긴 공백을 이겨내고 다시 산업 현장에 뛰어들었다. 그때라도 다시 일을 할 수 있게 된 것에 감사할 일이다. 덕분에 관련 직종에서 17년이 넘는 경력을 쌓고 일선에서 아이의 엄마가 아닌, 내 이름 석 자가 박힌 명함을 내밀 수 있는 사람이 되었다.

그렇다. 결핍이었다. 내게 항상 꼬리표처럼 달려 있었던……. 어려서는 가난 때문에 학업을 포기했고, 돈을 벌어야 했기에 열심히 공부해서 자격증을 땄다. 부모님의 사랑에 항상 목이 말랐던 나는 부모님보다 나를 더 사랑해주는 남편을 만나 나보다 더 사랑하게 되었고, 우리 아이들을 지켜내기 위해 누구보다 열심히 일했다. 전공 분야가 아닌 일에서 전문가로써 일하기 위해 스스로 교육기관을 찾아다니며 내 몸값을 끌어올리려 애썼고, 내가 하는 일에 있어 최고가 되기 위해 열심히 살았다. 부당한 일에도 바보처럼 참고 나를 희생했던 날들에 대해 후회도 많지만 내가 한 모든 노력에는 어쩔 수 없이 '결핍'이라는 꼬리표가 함께하고 있었다.

결핍이 나를 움직이게 했다. 하지만 나에게 결핍은 결코 꿈이 될 수 없었다. 손가락이 부르트도록 절벽을 기어오르면 나를 기다린 것은 아득한 절망이었다. 셀 수 없을 만큼 결핍의

골짜기로 내몰리고 다시 오르면서도 여전히 난 행복하지 않다. 가진 것 없어도 행복할 수 있단 말이 내겐 그 무엇보다 잔인한 말이었다.

마흔셋, 퇴준생이 되다

얼마 전 뉴스에서 '이음피움 박물관'이라는 봉제 역사관이 서울 창신동에 오픈한다는 소식을 들었다. 1970년대 '한강의 기적'을 떠받쳤던 봉제업 50년 역사 속에는 '공순이'라는 손가락질을 이겨내고 다시는 배고프고 싶지 않았던 젊은 청춘들의 이야기가 앵커의 시선으로 소개되었다.

"가난에 무릎 꿇지 않고 악착같이 일어서던 그 시대가 지금 우리에게 묻습니다. 풍요로운 이 시대 우리에게는 어떤 꿈이 있느냐고. 그리고 우리 사회가 너무 이기적으로 변해가는 건 아닌가? 라고 말이지요."

우리 부모님 세대에서 이뤄낸 그 기적은 IMF로 시작된 경제 위기로 한순간에 무너졌다. 3년 8개월이라는 짧은 시간 안에 우리 사회는 국난을 빠르게 극복해냈지만 이후 20년 동안 우리 세대에게 고성장의 기적은 다시 찾아오지 않았고 그 좌절감은 나와 후배 세대가 고스란히 짊어져야 했다. 앞으로도 알 수 없다. 하지만 우리는 또 살아내야 한다. 그럼에도 불구하고 꿈을 묻는다.

단순히 먹고살기 위해 돈을 벌어야 했던 시절이 있었다. 그 땐 나에게만 일어난 불행이라 생각했었고 길고 긴 터널을 벗어나려 발버둥을 쳤다. 그렇게 20년이란 세월이 흐른 오늘 내 인생의 가장 빛나던 경력을 접고 새로운 길로 접어들었다.

'어떻게 살 것인가'

이 나이쯤 되면 더는 이런 질문을 하지 않을 줄 알았지만 20년 전에도 그리고 눈을 뜨고 베란다 앞에 선 오늘 아침에도 나는 같은 질문을 한다. 결혼을 했고, 아들 둘을 가진 엄마인 나는 아내로서, 엄마로서의 삶을 온전히 살아보지 못했다. 마흔이 되면 지난 시간을 보상받겠거니 하며 늘 서너 걸음 다가올 미래에 희망을 덧칠해가며 가까스로 버텨왔다. 한강의 기적을 만들었던 우리 부모님 세대가 그랬던 것처럼 나도 매일 밤 열 시가 넘어서까지 잔업을 아니, 밤을 꼬박 새우기도 수차례 반복했다. 그러나 우리 세대에선 더 이상 한강의 기적 따위는 일어나지 않았다. 우리는 '아프니까 청춘'이라는 말에 속아 당연하게 받아들였지만 이 현실을 보고도 다음 세대에게 우리처럼 똑같이 아프라고 할 수 없다.

마흔이 넘어서야 생각한다. 이번만큼은 다른 선택을 해야 하지 않을까. 긴 세월 그 선택에 대한 책임을 져온 결과가 오늘이라면, 이제 다가올 내일을 위해 어제와는 달라야 하지 않을까. 퇴사를 준비하면서 나는 인생 처음으로 해보고 싶었던 일들을 떠올렸다. 할 수 있는 것과 해야 하는 것만으로 가득했던 내 삶 가운데 진정으로 해보고 싶었던 것은 무엇이었을까. 사람들과 섞이지 않고, 치열하지 않고, 나를 존중하며 깊이 돌아보는 산책 같은 인생을 살아보고 싶다. 지나온 삶을 정리하고 마흔을 지나는 길은 나답게 살고 싶다. 만약 당신이 이 책을 읽게 된다면 글을 통해 또 다른 방법으로 세상과 소통해나가는 새로운 나를 발견한 셈이다. 이 글을 쓰고 있는 지금의 나는 실업의 늪에 빠져 허우적대고 있는 상황이지만 그럼에도 불구하고 포기하지 않고 살아가고 있다는 뜻이다. 당신 또한 여기서 포기하지 않기를. 우리에게는 내일을 살아야 할 이유가 있으니 말이다.

7.

잿빛 요일의 산책

파란 하늘을 기다리며

퇴사하고 벌써 1년이란 시간이 흘렀다. 그사이 많은 일들이 있었다. 지난 2017년 여름부터 선박 수주 물량이 증가하면서 다시 경기가 살아난다는 얘기도 있었지만 모두 6.13 지방선거를 치르는 동안 이루어진 물밑 작업일 뿐이었는지 체감 경기는 더욱 바닥으로 떨어지고 있었다. 어렵게 재취업에 성공했던 남편도 중국에서 들어오기로 예정되어 있던 수주 물량이 무기한 연기되면서 또다시 실직 상태가 되었고 남편도 나도 실업 급여를 받으며 겨우 풀칠만 면할 정도의 삶이 이어졌다.

어쩔 수 없이 아이들 대학 등록금을 목적으로 적립하던 저축 상품을 해지했다. 복리로 불어나 아이들의 대학 등록금을 해결해줄 거라 기대했던 그 상품은 8년 넘게 버텨오는 동안 붙은 이자가 겨우 8만 원이 조금 넘었다. 뼈를 깎는 아픔이었지만 그나마 해지 환급금이 100퍼센트인 상품은 그것뿐이었다. 나머지는 모두 해지 환급금이 원금에 훨씬 못 미치는 수준이라 어쩔 수 없이 납입 정지만 걸어두었다. 이럴 줄 알았으면 그냥 은행에 2.4퍼센트짜리 적금을 넣는 게 훨씬 나았을 것이다. 나름 똑똑하게 재테크를 한다 생각했지만 재무 설계사에게 나는 그저 봉이었을까.

이제 그만 빠져나갈 때도 됐지 싶은데 아직도 잿빛 터널은 끝나지 않았다. 이력서를 넣어도 설계직 구인 광고는 죄다 신입 사원 대상이라 경력이 많아서 전화도 안 온다. 설계직이 아닌 새로운 일은 최저 시급을 감수한다고 해도 경력도 없고 나이는 많아서 면접 기회조차 없다. 창업을 해야 한다지만 설계가 아닌 다른 일엔 경험이 없다. 경험을 쌓기 위해 학력, 경력란을 모두 비우고 허드렛일부터 배우려 해도 나이 때문에 받아주는 곳이 없다.

실업 급여 지급이 끝나기 전에 내일배움카드를 발급받았다. 그마저도 거제도에서 배울 수 있는 수업은 제한적이어서 선택권이 별로 없다. 그저 내가 신청한 기간에 맞춰 개강하고 이동 거리에 큰 제약이 없으면서 그나마 작은 관심이나마 있는 실용패션과 프랑스자수 과정을 신청했다. 국비 과정인 만큼 출석 체크도 과제 리포트도 철두철미하게 챙겨야 한다. 한 땀 한 땀 장인 정신을 배운다는 각오로 새로운 일에 임했다. 무엇이든 배움에서 오는 즐거움은 또 다른 기회를 만들어줄 거란 기대를 품고.

그러나 내가 수강한 국비 지원 수업은 그동안 해보지 못했던 취미 생활 하나 만든 정도에서 만족해야 했다. 그대로 교육을 마치는 것은 국고 낭비라는 생각에 프랑스자수 수업을 중도 포기하고 조선업희망센터에서 한다는 카페창업컨설팅 교육을 신청했다. 10회에 걸쳐 진행된 창업 수업에선 창업을 절대 하지 말라고 가르쳤다. 이미 문을 닫는 업체들이 줄을 잇는다니 당연한 조언이었다. 그나마 추가 비용이 들더라도 자격증을 준비하면 취업의 기회를 넓혀줄 수 있을 것 같았다. 그렇게 지난 12월부터 기출문제를 풀고 라테아트를 연습하는 과정을 통해 바리스타 2급 시험을 쳤고 지난 1월 말에 최종 합격 통보를 받았다. 그 자격증이 만들어줄 어떤 기회를 또다시 기다리고 있다.

그사이 남편도 설계가 아닌 다른 일에 도전했다. 원동기 면허를 위한 핑계일 뿐이라 생각했던 그 일을 기어코 해냈다. 언제 어떻게 쓰일지 모른다고 시간 있을 때 해놓겠다더니 대형 면허에 트레일러 면허까지 취득했다. 혹시 모를 현장 업무를 위해 건설업 기초 안전 보건 교육도 이수했다.

그렇게 하나씩 준비하다 보니 거제도에 새롭게 들어선다는 호텔에서 일할 수 있는 기회도 잡았다. 그는 최저 시급으로 주간 2교대 근무를 서며 가장으로서의 책무를 다하기 위해 하루하루 버텨냈다. 하지만 외벌이로 가정 경제를 책임지기엔 턱없이 부족한 임금, 기대 이하인 복지 수준 때문에 남편은 하루빨리 그곳을 벗어나고자 전국으로 이력서를 넣기 시작했다. 그리고 3개월 만에 이직에 성공해 지금은 경북 성주에 있는 작은 공단에서 일하고 있다. 이번엔 해양이 아닌 육상플랜트

설계를 배울 수 있는 기회였다. 가족과 떨어져 잠은 회사 기숙사에서 자고 아침 8시부터 밤 9시가 다 될 때까지 일한다. 지난 2월 초엔 중국 현지 공장으로 출장을 다녀왔다. 약 3주 동안 주말도 휴일도 없이 오롯이 납기 단축이라는 목표 아래 계속 출근했다고 한다. 혼자서 가장으로서의 책무 때문에 버티는 이 시간을 그는 언제쯤 보상받을 수 있을까?

우리 가족은 그렇게 또 오늘을 살아내고 있다. 지금까지 그랬던 것처럼 열심히. 영화 〈포레스트 검프〉에 나오는 명대사처럼 인생은 초콜릿 상자와 같아서 열기 전까지 뭘 잡을지 알수 없으니까. 그저 이번에도 쓴맛이 아니기를 기대하며 오늘을 쓴다.

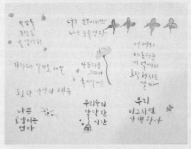

버티는 마음

지난 1년간 내가 기울였던 모든 노력은 뭘 위한 것이었을까? 해야만 하는 일이 아닌 하고 싶은 일을 찾아 떠났던 모험에서 나는 아무것도 찾아내지 못했다. 먼 길을 떠난 여행자로 살 수는 없더라도, 밝은 미래를 상상하며 노력하다 보면 어느 책의 제목처럼 꿈이 현실이 될 줄 알았다. 하지만 막연한 미래를 앞에 두고 잠시 쉬어가는 쉼표에 지나지 않았다.

지난해 퇴사를 앞두고 새롭게 준비하던 퇴준생의 길에서 내 인생의 잿빛 터널을 빠져나가고자 글을 쓰기 시작했다. 하지만 출간을 앞둔 오늘의 나는 결국 제자리로 돌아가야 할지도 모르겠다. 지난 20여 년을 워킹맘으로 일하며 가정을 돌봐왔지만 남편의 외벌이로 4인 가족의 삶을 꾸려가기엔 너무나 역부족이다. 아이들의 대학 등록금은커녕 당장 한 달을 버티는 수준에도 못 미치다 보니 하루하루 피가 마른다.

어떤 일이 되었든 재취업을 할 수밖에 없겠다는 생각에 되든 안 되든 워크넷에 올라온 구인 공고에 입사지원서를 보내고 일자리 박람회에 갔다. 그곳에서 인력을 모집하는 업체는 크게 세 종류로 나뉘어 있었다. 취부사나 용접공을 모집하는 곳과 도장공을 모집하는 곳, 그리고 배관 및 배선공을 모집하는 곳이었다. 모두 뜨거운 철판 위에서 작업하는 현장 근로자를 뽑는 업체뿐이다. 준비된 이력서 양식에 최종 학력을 낮춰서 썼다. 조선소 근무 경력 '있음'과 '없음'에 체크란이 있었고 '있음' 옆에 몇 년인지 기록하게 되어 있었다. '없음'에 체크를 해야 하나 싶어 잠시 고민했다. 그때 고용지원센터에서 나오신 직업상담사께서 다가오셨다.

"조선소 근무하신 적 있으시죠?"

"네. 하지만 설계 경력뿐이라 현장 근무 경험이 없으니 그냥 없다고 해야겠죠?"

"그래도 근무 경력이 있으신 분이 확률이 더 높으니까 있으면 당연히 쓰는 게 맞죠. 설계를 했다면 아무래도 도면 보는 것에도 도움이 될 거고요. '있음'에 체크하시고 근무 기간을 쓰세요."

더 고민을 했어야 했는데 그렇게 상담사의 말대로 기록하고 제일 먼저 도장공을 모집하는 곳으로 갔다. 아나나 다를까 설계를 했다는 점 때문에 이야기의 초점이 사무실에서만 근무하던 사람은 현장에서 버티기 힘들다는 쪽으로 이어졌다. 잘해낼 자신이 있다고 했지만 그는 내게 말했다.

"현장은 생각하는 것보다 훨씬 힘들어요. 그리고 얼굴에 딱 쓰여 있어요. 약해서 얼마 못 버티고 그만둘 거라고…….

돈을 많이 주는 것도 아니고 최저 시급밖에 안 되는데 몸만 버리고 안 돼요. 경력이 아까우니까 조금만 더 기다려보세요. 조만간 설계 쪽에서도 인력을 좀 뽑을 거예요."

그렇게 터치업이나 결선 인원을 구하는 몇몇 업체에 더 가보았지만 돌아오는 답은 한결같았다. 더 돌아봐도 소용없겠다 싶어 씁쓸한 마음으로 주차장을 향하며 핸드폰을 확인했다. 모르는 번호로 부재중 전화가 두 통이나 와 있었다. 주차한 차에 혹시라도 문제가 있나 싶어 얼른 전화를 걸었다.

"아이고, 잘 있었어요? 그동안 어째 지냈어요? 이력서 넣었던데, 그냥 바로 전화하지. 뭘 이력서까지 보냈어요?"

오전에 입사지원서를 보냈던 곳 중 하나였다. 그는 사무실로 차 한잔하러 오라며 나를 불렀고 그 자리에서 간단하게 면접이 이루어졌다. 면접이라고 해봐야 내가 급여나 복지 부분을 확인하는 정도였고 대표님은 너무 오래 생각하지 말고 같이 일해보자고 하셨다. 지난 1년 동안 구인 공고가 보일 때마다 종종 지원을 했었지만 한 번도 연락이 없었다. 그는 나의 지원서를 보지 못했다고 했다. 중간에서 걸러서 오니 대표인 자신에게까지 오지 않은 경우가 많았을 거라며 알았으면 진즉 연락했을 거라고 했다. 다른 곳에서도 문자가 와 있었다. 내일 면접을 보러 오라는 문자였다. 내게 연락이 온 두 업체 대표님들은 모두 지난 2006년 내가 경력 단절을 이겨내고 다시 출근했을 때 같은 사무실에서 근무하셨던 선배님들이다. 때문에 그런 반응은 나에 대한 배려임을 잘 알고 있다.

　그동안 피 말리는 수주 절벽에도 꿋꿋하게 버티셨을 분들이었다. 그러려면 최소 인력만 남겨두고 일손이 더 필요할 때는 신입 사원으로 충당해 경비를 아꼈을 것이다. 그렇게 할 수 있으려면 최소한으로 보장되는 납기에 여유가 있어야 한다. 이번처럼 경력직을 뽑으려는 경우는 납기가 매우 촉박하다는 문제점에 봉착했을 경우이고 거기에 한 가지 조건이 더 필요하다. 후속으로 대기 중인 계약이 최소 두 건 이상 있다는 의미다. 그래야 그 인원을 계속 유지할 수 있을 테니까. 무엇보다 원청에서 후속 계약을 따내기 위한 조건에 고경력의 인력 보유 여부와 그 인원수도 지대한 영향을 주기 때문이다. 만약 그런 경우가 아니라면 급한 불이라도 끄고 보자는 것인지도 모른다. 그러므로 지금 다시 출근을 한다는 건 엄청나게 촉박한 출도 일정에 쫓기며 매일 늦게까지 잔업과 야근을 밥 먹듯 해야 한다는 뜻이다. 게다가 저평가된 조선업에서 인건비가 최저치로 떨어진 시기인 만큼 낮은 연봉으로 연명해야 한다. 하지만 지금의 나는 지나온 시간만큼 기술적인 역량도 많이 뒤떨어졌을 것이다. 무엇보다 기존에 해왔던 업무와는 다소 차이가 있는 일이니 많이 배워야 한다.

　그럼에도 불구하고 나는 다시 출근을 한다. 되준생 시절 꿈꿨던 인생 2막은 너무도 멀리 있었다. 그 먼 길을 돌아 제자리다. 하지만 그렇게 1년 더 버텨오는 동안 많이 성장했다. 위기는 아직 끝나지 않았다는 걸 알고 있고 또다시 이겨낼 준비를 한다. 다시 시작된 연으로 적어도 10년은 더 견뎌야 한다. 아니 그보다 더 오랜 시간이 걸릴지도 모르지만 아이들이 대학을 졸업하고 강산이 또 한 번 바뀌는 그날까지 열심히 달릴 수 있기를 기도한다. 어쩌면 이 선택으로 또 다시 긴 터널을 만날 수도 있겠지만 적어도 잿빛보다는 파란 하늘을 볼 수 있는 날이 많아지기를 바랄 뿐이다.

협력사 가족의 유토피아를 꿈꾸며

지난 1월 말 설을 앞두고 국내 조선 빅3 중 하나인 H중공업이 S은행과의 밀실 매각을 통해 D조선을 인수한다는 보도가 있었다. 뭐가 그리 급했을까? D조선의 매각은 이번이 처음이 아니었다. 2008년 국제 금융 위기로 온 세상이 휘청거리던 그때 이후 10년 만이다. 그런데 이번엔 그때 공개경쟁입찰에서 우선 협상 대상자가 제시한 6조 3천억이라는 입찰가의 3분의 1도 안 되는 2조 원 수준이다. 게다가 그 대금을 당장 손에 쥘 수도 없는 주식으로 받는단다. 언론에서 말하는 S은행과 H중공업 간의 밀실 야합이라는 게 없지 않고서야 도저히 납득할 수 없는 일이다. 때문에 거제시는 연일 매각 반대를 외치는 집회와 시위로 하루도 조용할 날이 없었다. 불과 몇 주 사이에 중국과 EU, 일본의 반발에 잠시 주춤하는 것 같지만 현재 매각 과정에서 기업 실사를 강행하고 있다고 한다.

S은행에서 주장하는 선가 개선, 원가 경쟁력 강화 등의 순기능은 대부분 억지에 가깝다. 김해연 경남미래발전연구소 이사장의 말을 빌리자면 S은행의 입장은 빅3로 되어 있는 조선

소를 빅2로 만들어서 선박 수주 시 우리끼리의 과다 경쟁을 방지하기 위해서라지만 세계 1, 2위를 차지하는 조선소끼리의 통합은 빅2가 아니라 메머드 조선소를 만드는 것이고 세계 선박 시장에서 우리끼리의 가격 경쟁력은 의미가 없다고 한다. 특히 동종 업체의 인수는 혹독한 구조 조정으로 이어져 적어도 수천 명은 고용 위기에 내몰리게 될 것이고 D조선의 120여 개 사내 협력사들의 운명도 불 보듯 뻔하다. 아니, 경남 도내에 산재한 협력사가 1,300여 개에 달한다고 하니 어쩌면 지역 전체의 붕괴로 이어질지도 모를 일이다. 하지만 이런 의견에도 갑론을박이 많다. 다 그런 것은 아니지만 대부분의 협력사 직원은 오히려 매각을 찬성하는 분위기라고 볼 수 있을 정도다. 하지만 그 이유를 들여다보면 협력사 직원으로서 그동안 받았던 설움을 너희들도 겪어봐야 한다는 심보에서 나오는 말이 전부라고 해도 과언이 아니다. 그런 반응에 눈살이 찌푸려지지만 한편으론 그럴 만하다는 생각도 든다.

국내 조선 빅3의 업무 비중을 보면 직영 10퍼센트에 협력사가 90퍼센트를 맡고 있다. 어렵고 힘든 일, 특히 위험한 일은 모두 협력사에게 떠넘긴다. 게다가 단가 후려치기로 월급을 쥐어짜내는 등 원청사의 갑질로 인해 눈덩이처럼 불어나는 협력 업체 대표와 그 직원들의 피해는 가히 상상을 초월한다. 지난 3월 17일에 전파를 탔던 〈김의성 주진우의 탐사스트레이트〉 42회 방송에서 '추적 갑질종합세트 거대 조선소와 비호

세력'을 보고 많은 협력사 직원들이 울분을 토했을 것이다. 마지막 인터뷰 영상에서 잊히지 않는 말이 있다.

"땅콩 회항이다. 이런 이야기 많지 듣지 않습니까? 솔직히 저는 욕을 하든 물컵을 던지든 간에 그런 건 상관없어요. 나 혼자 감내하면 되니까. 대신에 그냥 직원들하고 나하고 일만 할 수 있게 해 달라. 그럼 갑질은 얼마든지 해도 된다……."

갑질을 당해도 좋으니 먹고살게만 해달라는 그 인터뷰에 목이 메고 눈물이 왈칵 쏟아졌다. 세계 최대 조선 강국의 민낯이 겨우 이 정도였냐는 앵커의 말에 부끄러워해야 할 그들이 이번만큼은 공정위의 제대로 된 심판을 받기를 바란다. 조선업의 내일이 아니, 대한민국의 내일이 심히 걱정스럽다.

얼마 전 『중공업 가족의 유토피아』라는 신간 도서를 접했다. 이 책에서는 조선업을 휩쓴 침체와 위기를 직면하면서 성장 국면에서 견고하게 구축된 '중공업 가족'이라는 공동체에 대해 명확하게 분석해놓았다. 그런데 이 책에서 말하는 '중공업 가족'에 합류하지 못한 존재들이 바로 나와 우리 가족이었다. '중요한 업무를 담당하는 하청 노동자'였고 '여성 엔지니어들을 잘 기용하지 않는 업계', 나아가 '여성들의 일을 가사노동 혹은 사무직 보조의 영역에 국한하는 '남초' 지역'이라는 혹독한 현실이 바로 내가 버텨온 삶의 현장이었다. (하청 노동자는 협력사 직원을 말한다. 이 책의 저자가 정규직 노동자 출신의 조교수라서 그런지 '협력사'라는 우호적인 표현보다 유독 '하청 노동자', '하청 업체'라는 비하적인 발문이 많아서 협력사 직원의 입장에서 읽는 내내 불쾌했다.)

그 시간의 보상이 고작 오늘이다. 불안정한 노동 환경과 낮은 임금으로 살 길을 찾아 다른 지역으로 원정 노동을 떠난 남편과 업계의 불황으로 구조 조정이라는 바람을 맞아 퇴사한 후 1년 2개월이 지나는 동안 그렇게 찾아다녔음에도 불구하고 찾을 수 없었던 새 치즈, 결국 제자리로 돌아가면서도 저평가된 조선업에서 인건비가 최저치로 떨어진 시기에 턱없이 낮아진 연봉으로 재취업을 하는 내가 바로 그 결과이다.

수많은 협력사 직원들은 작년에 이어 올해도 최저임금 인상이라는 정부 지원 카드의 혜택을 받을 수 없다. 2018년 최저임금은 전년 대비 1,070원 오른 7,530원이 되었지만 그동안 받던 상여금 550퍼센트를 없애서 최저임금 인상 수준에 맞추었고, 올해 역시 전년 대비 1,060원 올라 8,350원이 되었지만 이 또한 토요일 유급 휴일을 강제로 없애 동결이 되거나 오히려 더 줄어드는 상황이라고 한다.

물론 나는 그마저도 받아본 적 없었던 사외 협력사 직원이었기에 더욱 열악했다. 그런 나의 오늘이 17년을 넘는 긴 시간 동안 쌓아온 경력을 버리고 새로운 일에 도전하게 했다. 나의 상황을 아는 많은 이들이 내 경력이 아깝다고 했다. 나 역시 그동안의 노력이 아깝기는 마찬가지지만 어쩔 수 없다. 그래도 지난 시간 잠시나마 그 짐을 내려놓은 것은 후회 없는 선택이었다. 지나온 삶을 찬찬히 돌아보며 진정으로 내가 원하는 것이 무엇인지, 내가 행복할 수 있는 길이 어디인지 생각해 본 기회였다.

또다시 그 현장으로 돌아간다. 여전히 버티는 마음으로. 두 번 다시 하고 싶지 않았던 재취업을 하면서 '이제 그만 나로 살자'고 했던 다짐을 잠시 내려놓아야 한다 생각했다. 하지만 이 모습 또한 나로 사는 것이다. 내가 나로 버티는 것이다. 적어도 '가진 것 없어도 행복할 수 있다'는 잔인한 말에 시원하게 욕지거리를 던지면서 말이다. 그렇게 다시 10년, 20년 버티다 보면 언젠가는 협력사 가족들도 유토피아를 꿈꿀 수 있지 않을까? 그럼에도 불구하고 우리 아이들은 정규직으로 살아가기를 희망하는 꼰대가 되어 있을지도 모르지만…….

긴 터널 밖으로

거제도뿐만 아니라 울산, 목포 등 국내 조선 빅3와 그 협력사들의 위기, 그리고 GM대우 사태를 비롯한 우리나라 국가 주력 산업의 몰락으로 나처럼 하루아침에 거리로 내몰린 노동자들이 급격하게 늘어났다. 그 과정에서 스스로 목숨을 끊는 극단적인 선택을 하는 사람들도 많았다. 아직도 추가적인 인원 감축이 예고되는 가운데 다들 언제 잘릴지 몰라 하루하루 살얼음판을 걸으며 살고 있다. 나보다 더 힘든 상황에 처해 있는 이웃들도 많다.

얼마 전 시장에서 3만 원짜리 셔츠 한 장을 샀다. 그 한 장을 사는 데 얼마나 고민이 되던지. 그날 내 인생에 누구보다 인색했던 당사자가 나 자신이란 것을 직면하는 순간, 가슴이 뻐근하게 아려왔다. 살아보니 나만 그런 게 아니었다. 나와 같은 시대를 버텨내고 있는 이웃들 대부분 비슷한 마음이었다. 지난해 11월에 개봉한 영화 〈국가부도의 날〉을 통해 극히 일부이긴 하겠지만 21년 전 그날의 진실을 들여다볼 수 있었다. 그 누구도 우리가 처한 현실을 제대로 알려주지 않았다. 지나온 나의 시간을 어디서 보상받을 수 있을까. 국가를 상대로 소송을 할 수도 없고 못난 내 탓만 하고 있기에는 너무 억울하다.

올해로 벌써 IMF 21주년을 맞았지만 여전히 불황의 늪에서 허우적거리는 오늘, 지난 20여 년간 우리나라 경제의 주역으로 살아온 독자들에게 결코 우리 잘못이 아니라고 말해주고 싶었다. 지나간 숱한 잿빛 요일을 걷어내고 다가올 오늘은 행복한 산책을 준비할 수 있는 선택으로 채워볼 수 있기를 간절히 바란다.

미래는 바뀔 수 없지만 과거는 바뀔 수 있다는 아이러니한 말을 들은 적이 있다. 현재의 상태가 과거를 재해석하는 법이니까, 지금 행복하다면 과거의 기억은 추억이 된다. 지금 내가 얼마나 행복한지 알고 싶다면 그 자리에서 잠시 과거를 돌아보면 된다. 그렇게 돌아본 나는 추억보다 기억이 많았고, 설렘보단 슬픔이 컸으며, 고개를 끄덕이게 하는 교훈보다 눈을 감고 싶은 절망이 먼저 다가왔다.

마흔을 넘어 또 한 번 선택의 기로에 선 내게 삶은 묻는다. '어떻게 살 것인가?' 다시 한 번 결정의 기회가 주어졌다. 내 마흔의 선택은 하고 싶은 일, 추억이 될 일, 훗날 아름다운 교훈이 될 일이어야 한다.

태어나 처음으로 책상에 앉아 조용히 글을 쓴다. 누구와도 섞이지 않고, 고요하게 지금껏 방치했던 나를 돌보는 일. 이 글이 과연 독자를 만날 수 있을지는 알 수 없으나 목표가 목적을 대체할 수 없듯 글 쓰는 삶을 통해 오롯이 내 삶을 다시 살아가는 이 시간이 내겐 그 무엇보다 중요하다. 지난 삶을 정리하는 과정에서 세상을 바라보는 시각이 열리고 나 스스로의 가능성에 자신감을 얻는다. 살다보니 살아졌던 것처럼, 쓰다보니 써졌다. 긴 터널을 빠져나오려 하는 나와 여러분의 내일에 건투를 빈다.

에필로그

지난 한 해 동안 온전히 두 아이의 엄마로, 한 남자의 아내로 살았다. 아직 온전히 나로 살고 있다고 할 수는 없다.

퇴직 후 내일배움카드를 발급받고 섬유공예 수업부터 카페창업컨설팅 교육, ISO14001 환경경영시스템 국제인증심사원 자격 코스 등 큰돈 들이지 않고 국비 지원을 받을 수 있는 수업을 찾아다니며 내가 수강할 수 있는 수업은 빠짐없이 참석했다. 열심히 한 만큼 자격증이라는 성과도 따라왔다. 4차 산업혁명 시대를 준비할 수 있다는 3D프린팅과 레이저 커팅 기술을 배울 수 있는 '메이커인스트럭터 양성 교육' 프로그램에도 참여했다. 그나마 지금까지 쌓아왔던 이력을 조금이라도 활용해 이번만큼은 취업이 가능하지 않을까 기대를 품었다. 하지만 이 중에서 직접적으로 수입을 창출한 일은 아직 아무것도 없다. 아무리 노력을 해도 달라지지 않는 오늘을 살면서 나는 우리 아이들에게 어떤 꿈을 심어줄 수 있을까?

학창시절 '서태지와 아이들'이 가져온 신드롬과 함께 성장했지만 사회에 첫발을 내디딤과 동시에 맞이한 국가 부도, 그로부터 10년 후 찾아온 국제 금융 위기도 겨우겨우 살아냈다. 하지만 20년의 세월을 훌쩍 넘어 도착한 대한민국의 오늘은 여전히 불황의 터널 안이다. 지난 20여 년 동안 내게 무례했던 사회는 또 어떤 메시지를 보낼까. 지난해 5월 근로자의 날을 맞아 문 대통령은 "노동의 가치와 존엄은 이념의 문제가 아니라 노동자인 우리 자신의 가치와 존엄"이라고 말씀하셨다. 하지만 나처럼 실업의 고통 속에서 버텨내는 이들의 가치와 존엄은 대체 어디에 있는지 묻고 싶다.

여전히 막막하지만 감사한 마음을 잃지 않으려고 한다. 이렇게라도 내일을 준비할 수 있음에 감사하며 오늘을 살아낸다. 힘들게 모은 돈을 어쩔 수 없이 탕진하고 있지만 헛된 꿈이 아니라 내일을 준비하는 일에 쓸 수 있음에 감사하다. 비록 멀리 떨어져 지내야 하지만 가족을 위해 애쓰는 남편이 든든하게 지켜주니 감사하고 사랑하는 아이들과 함께 건강한 몸을 뉠 수 있는 집이 있음에 감사하다.

지난날 힘겨웠던 시간 덕분에 지금의 나는 어린 날의 꿈처럼 글을 쓰는 삶을 살고 있으니 그것으로 되었다. 책을 쓰는 작업을 하면서 피할 수 없었던 과거로의 여행에서 또다시 아파야 했지만 어쩌면 내게 너무도 잔인했던 이 작업을 묵묵히 지원해준 남편과 나의 꿈을 응원해주는 아이들에게 감사하다. 그리고 그 누구보다 먼저 내게 용기를 주신 시어머니께 진심을 다해 감사의 마음을 전한다. 그리고 어쩔 수 없이 내게 주었던 결핍으로 나를 나답게 키워주신 내 부모님, 특히 우리 엄마. 아직도 내면의 갈등은 끝나지 않았지만 이 글을 쓰면서 조금은 엄마를 이해할 수 있게 된 것 같아 조심스럽게 용서라는 단어를 쓰고 싶다.

이른 아침에 활짝 피어난 꽃은 어두운 밤이 있었기 때문에 아름답게 피어났다. 혹독한 겨울이 있었기 때문에 꽃 피는 봄이 온다. 지금은 아름다운 꽃을 피우기 위해 필요한 밤이고 겨울이다.

이 원고가 세상에 나올 수 있는 기회를 잡게 해주신 출판기획 에이전시 '책과 강연' 코치진과 이정훈 대표님께 감사드리며 책을 쓰기 위해 모인 이 커뮤니티를 통해 끝까지 함께 달려와준 수많은 동료 작가님들께도 영광이 함께하기를 바란다. 그리고 그 누구보다 내 원고의 가치를 알아봐주신 현암사 가족들과 정예인 편집자에게 깊은 감사를 드린다.

버티는 마음

초판 1쇄 발행 | 2019년 5월 1일

지은이 | 경심
펴낸이 | 조미현

편집주간 | 김현림
책임편집 | 정예인
디자인 | 정은영

펴낸곳 | (주)현암사
등록 | 1951년 12월 24일·제10-126호
주소 | 04029 서울시 마포구 동교로12안길 35
전화 | 02-365-5051
팩스 | 02-313-2729
전자우편 | editor@hyeonamsa.com
홈페이지 | www.hyeonamsa.com

ISBN 978-89-323-1987-2 03810

· 이 도서의 국립중앙도서관 출판예정도서목록(CIP)은 서지정보유통지원시스템 홈페이지
  (http://seoji.nl.go.kr)와 국가자료공동목록시스템(http:// www.nl.go.kr/kolisnet)에서
  이용하실 수 있습니다.(CIP제어번호 CIP2019013020)
· 책값은 뒤표지에 있습니다. 잘못된 책은 바꾸어드립니다.